家康（五）

本能寺の変

安部龍太郎

幻冬舎時代小説文庫

家康 ㈤

本能寺の変

第四巻までのあらすじ

長篠の戦いに大勝した家康だったが、宿敵・武田とのにらみ合いが続く。
そして勝頼の調略により、妻子と悲しい決別を迎えることに。
この無念を抱えながらも、泰平の世への決意を新たにする。
家康、四十一歳。天下統一直前の信長に、自身の描く未来像を明かされる。
その革新的な未来像に、多くの思いが交錯していく。

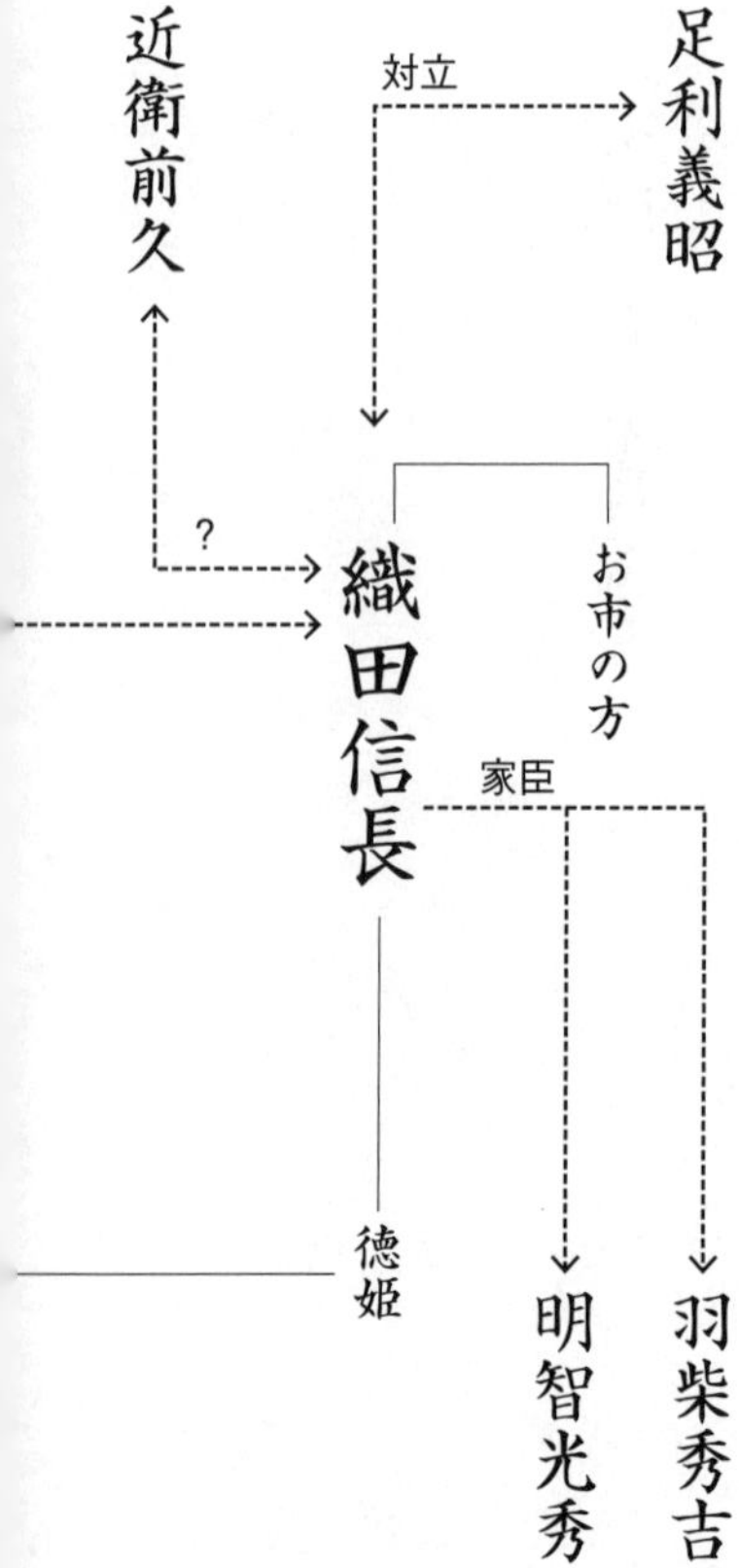

同盟

徳川家康

築山殿
信康
亀姫

お愛の方
長松
福松丸

お万
於義丸
永見貞愛

家康重臣

酒井忠次
松平康忠
石川数正
服部半蔵
本多正信
本多忠勝
平岩親吉
榊原康政
鳥居元忠

目次

第一章　信忠の予感　9
第二章　安土城　69
第三章　信長死す　131
第四章　伊賀越え　179
第五章　正信帰参　241
第六章　甲斐と信濃　285
解説　藤田達生　334

第一章

信忠の予感

天正十年（一五八二年）、本能寺の変以前の勢力図

上杉景勝
北条氏政
織田信長
徳川家康
毛利輝元
長宗我部元親

織田信長の一行を矢作川まで見送った徳川家康は、岡崎城で一泊し、四月十九日に浜松城にもどった。

「五月中頃までに安土に伺候せよ。天下統一の総仕上げじゃ」

別れ際に信長はそう言った。

総仕上げとは将軍就任と西国討伐だということは、家康も分かっている。それに合わせて安土に行くのであれば、相当の軍勢をひきいていかなければなるまい。

家康はさっそく陣立てにかかるように重臣たちに指示をした。

「一万、いや一万五千の兵を用意せよ。他勢に引けを取らぬように、馬、鎧、装束を美々しくととのえよ」

何しろ三河、遠江、駿河の領主になったのである。大守と呼ばれた今川家の旧領をそっくり受け継いだのだから、それにふさわしい陣容をととのえなければならなかった。

ところが信長は、そんなことを望んではいなかった。

四月二十四日にやって来た使者が、信長が四月二十一日に安土城に帰着したことを伝え、

「上様からの書状でございます」

うやうやしく朱印状を差し出した。

手勢五百を引き連れ、五月十五日に安土城に着くように。そう記されていた。

「たった五百でござるか」

「さようでござる。諸将にもそのように命じておられます」

信長はもはや天下統一が成り、平和な時代が来たことを示すために、甲府から安土に向かう時に自ら範を示した。

甲府では従軍していた諸将を帰国させ、浜松からは弓衆、鉄砲衆だけを供として安土に向かった。

それと同じことを安土に参集するすべての武将に命じたという。

さらに書状には、次のように記してあった。

「愚妹の儀、約定の如く計らい申し候、覚悟あるべく候」

愚妹とはお市の方のことである。信長は浅井長政を亡ぼし、お市の方を寡婦にしたことを哀れみ、家康に娶ってくれと頼んだ。

家康も正室はいないのだし、お市を娶れば我らは義兄弟になるのだから、一挙両得ではないか。そう言うのである。

応じると返答したことも娶ると約束したこともないが、信長は「約定の如く」と決めつけている。今さらこれを拒むことはできなかった。

翌日、家康は富士見櫓に重臣たちを集めて茶会を開いた。

集まったのは酒井忠次、鳥居元忠、石川家成、本多忠勝、榊原康政で、点前はいつものように松平源七郎康忠がつとめた。

家康は信長からの書状を示し、

「浜松城の留守役は家成に頼む。他の者は安土まで供をせよ」

皆を見渡して申し付けた。

四十一歳という年齢と三ヶ国の大守の地位が、家康をひと回りもふた回りも大きくしている。重臣たちも心地よくその威に服するようになっていた。

「されど五百というのは、いささか」

少なすぎるのではないかと、家成が案じ顔をした。

家康の八歳上の従兄で、長年掛川城主として遠江の守りに当たってきた堅実な男だった。

「さようでござる。何やら丸腰で旅をする心地がいたしまするな」

吉田城を預かる忠次が応じた。

五人の中では最年長の五十六歳。家康の母於大の方の妹である碓井の方を妻にし、三人の男子を成している。

家康、家成の義理の叔父、康忠にとっては義父に当たる。

「案ずることはござらん。それがしにお任せ下され」

元忠は配下の鉄砲隊に絶大な自信を持っている。五百すべてを鉄砲隊にすれば、十倍の敵でも撃退できると胸を張った。

忠勝、康政は黙っている。

後に徳川四天王とたたえられる両人も、まだ三十五歳。三人とは世代がちがうので遠慮しているのだった。

「どうぞ、ご賞味を」

康忠が志野の刷毛目茶碗に点てた濃茶を差し出した。

鼠志野に赤錆色の釉薬を散らした茶碗は、どっしりとしていながら気品がある。

家康は三口服し、飲み口を懐紙でぬぐい上げて忠次に回した。

開いた戸から初夏の涼やかな風が吹き込んでくる。

あいにく曇り空で富士山は見えないが、はるか彼方までつづく駿河の大地が我が領国になったと思うと、風までが心地よく感じられた。

「出発までに、やっておかねばならぬことがある」

茶碗がひと回りするのを待って、家康はその手筈を命じた。

「元忠は穴山梅雪どのの元に使いに行き、五月七日に浜松城に来るように伝えてくれ」

「出発は八日でござるか」

元忠がたずねた。

「そうだ。道中支障が生じるおそれもあるゆえ、二、三日の余裕をもって出発したい」

「承知いたした。今日にも発ちまする」

「急ぐには及ばぬ。駿河、甲斐の様子を視察し、梅雪どのの案内をして七日にもどって来れば良い」

元忠は武田家の重臣だった馬場信春に見込まれ、娘を後添いに迎えている。

そのため武田の遺臣たちの信頼も厚く、彼らが徳川家に仕官する際の取り次ぎ役をはたしていた。

「それから上様への進物じゃが、どうすべきであろうか」

これは難問である。信長の経済力は莫大で、天下一と称される数々の名品を手許に集めている。生半可な進物では不興を買うばかりだった。

「上様は鷹狩りと早駆けを好まれるゆえ、鷹と馬を進上するのがよろしいと存じまする」

忠次が妥当なことを言った。

「しかし、将軍宣下を受けられるのでござる。鷹と馬は奥州の大名たちがこぞって献上いたしましょう」

蝦夷地の鷹、奥州の馬には太刀打ちできぬと、家成が異をとなえた。

「ならば当地の名産品はいかがかな」

忠次は再度提案したが、皆の賛同は得られなかった。

三河や遠江には、米や野菜、材木や魚介類などは豊富にあるが、人の目を驚かすような名産品はない。何と地道で可愛らしい国であることかと、誰もが顔を見合わせて黙り込んだ。

「ならば金と馬鎧を進物にする。金三千両（約二億四千万円）、馬鎧三百を至急用意せよ」

「さ、三千両でござるか」

元忠が目をむいた。

「そうじゃ。こんな時こそ生きた銭を使わねばならぬ」

「されど、この先駿河を治めるための元手がかかり申す。武田征伐や上様の接待のために、ずいぶんと散財いたしましたゆえ」

「無理は承知じゃ。その無理を上様に喜んでもらう以外に、我らの心意気を見せる手立てはあるまい」

家康は信長が築く新しい天下に賭けている。その気持ちを目に見える形で示したかった。

翌日から家康は仕度に忙殺された。

一両は三十七・五グラムだから、三千両だと百キロを優に超える。この当時はまだ一両小判はできておらず、金は小粒か延べ金の形で使われていた。

浜松城の金蔵には相当の金銀、銭が軍資金として貯えてあるが、三千両にはとても足りない。そこで掛川城、吉田城、岡崎城の金蔵から、それぞれ五百両ずつ出させることにした。

馬鎧はすでに京都の馬具屋に発注していた。

信長が武田征伐を終えて富士遊覧をすると分かった時、やがて安土に伺候することになると予想して進物の手配をしている。

伺候が五月十五日と決まったからには、その前日までに注文の品を安土に届けるように、使者をつかわして馬具屋と打ち合わせておかなければならなかった。

進物はこればかりではない。

信長の嫡男信忠、次男信雄、三男信孝をはじめ、織田家の重臣や参集してくる大名たちへも、何かしら手みやげが必要である。

これは家康の手に余るので、岡崎城にいる石川数正に手配させることにした。

（そうだ。お市どのにも）

何か贈り物を持参しなければならない。家康はそう思い当たったが、この見立てはさらに難しい。

余程気の利いたものでなければ、かえって馬鹿にされるに決まっていた。

（こんな時、光源氏は……）

どんな品を持参しただろうかと、昔読んだ『源氏物語』を思い返したが、すでに忘却の彼方にあって記憶を呼び覚ますことはできなかった。


五月になり端午の節句が翌日に迫った日の午後、於大の方が侍女二人を従えて訪ねて来た。

家康が三ヶ国の大守になってからも、地味な麻の着物で通していた。

「母上、どうかなされましたか」

「たけのこの初物が手に入りました。祝いに食べてもらおうと思って」

於大が根曲竹の新芽を入れた籠を差し出した。

笹の葉を敷き詰めた上に、三本の曲がった新芽が入っている。これをこのまま炭火で焼き上げ、八丁味噌をつけて食べると実にうまい。幼い頃から食べ慣れた、家康の好物だった。

「初物を食べると寿命が延びると言いますからね。ところで安土行きの件ですが」

於大は目配せだけで二人の侍女を下がらせた。

「安土には五百の兵しか連れて行かないと聞きましたが、まことですか」

「そんなことを誰から聞いたのです。佐渡守ですか」

「夫は家で役向きの話をするような軽率な方ではありません。侍女たちが噂をしているのです」

それは事実かどうかと、於大はもう一度たずねた。

「事実です。上様からそうするように命じられました」

「大丈夫ですか。そんなに無勢で」

「天下はすでに治まり、皆が上様に服しています。大仰な供など従えなくても、旅が出来る時代になったのです」

家康は軽く笑って受け流したが、於大は目を吊り上げて喰い下がった。

「それは戦に勝った者の理屈です。戦に敗れ野にひそむ者たちは、あなたや信長公を倒してもう一度挽回の機会をつかもうと企んでいるかもしれません。もともと駿河も遠江も今川家の所領でした。それに武田家が亡びたばかりで、各地に残党がひそんで挙兵の機会をうかがっているはずです」

「そうした戦国の頃の疑念が抜けぬゆえ、上様は身をもって平和な時代が来たことを示されたのです。浜松から弓衆、鉄砲衆だけを供として安土に向かわれたのを、母上もご覧になったでしょう」

「見ましたけど、罠かもしれませんよ」

「罠？」

「ええ。ご自分が手本を示せば、あなたも無勢で安土に向かわざるを得なくなる。そう仕向けて、途中で討ち取ろうとしておられるのかもしれません」

「馬鹿な。上様がどうして私を」

「あなたが大きくなり過ぎたからです。それに東国平定を終えたからには、あなたの役目は終わったと思っておられるかもしれません。何が起こるか分からないのが、戦国という世の習いです」

於大は身をもってそういう世を生き抜いてきた。

先夫の松平広忠も義父の清康も、信頼していた家臣に討ち取られた。兄の水野信元と孫の信康も、信長の命によって殺されている。

頼みの家康までがそんな目に遭うのではないかと、じっとしていられないようだった。

「お気持ちは分かりますが、これは政(まつりごと)に関わることです」

口出しは無用に願いたいと突っぱねた。

信長はそうした不信の時代を終わらせるために、律令制を基礎とした新しい天下を築こうとしている。

それを支えるのが自分の役目だと、家康は新たな使命を感じていたが、於大にそれを言っても分かるはずがなかった。

「そうですか、それなら仕方ありませんね」

於大はあっさりと引き下がったが、席を立とうとはしなかった。

近頃ますます太ってきた体を崩し気味にした両膝で支え、家康をじっと見つめている。五十五歳になって髪には白いものが目立っているが、肌はつややかで目には人を圧する強い光が宿っていた。

「まだ、何か」

「明日の節句の祝いですが、どうするつもりですか」

そう言われて初めて、家康は明日が端午の節句だと気付いたほどで、どうするかはまったく考えていなかった。

「それは奥に任せていますので」

「お愛どのですか」

「ええ、そうです」

「それなら長松（秀忠）と福松丸（忠吉）だけで祝いをすることになりましょう」

二人ともお愛の方（西郷の局）との間に生まれた子で、長松は四歳、福松丸は三歳になる。

家康は将来のことを考え、お愛たちを浜松城に引き取って奥御殿に住まわせていた。

「しかし、それではお万と於義丸（秀康）はどうするのです。いつまでも宇布見村の屋敷に預けておくつもりですか」

「…………」

「あなたは今でも、お万を畜生腹などと思っているのではないでしょうね」

「そんなことは思っていません」

「それなら二人を浜松城に引き取って、側室として扱ってやりなさい。双子を産んだというだけでこんな冷たい仕打ちをするとは、あの子があんまり可愛想です」

於大がにじむ涙を袖でぬぐった。

お万は姪に当たるので、ひときわ肩入れしているのだった。

「それは私も考えています。だから駿府城をきずいたなら移らないかと誘ったのですが、お万が応じてくれなかったのです」

「あなたは相変わらずの唐変木ですね。女心がまるで分かっておられない」

「それは、どういうことでしょうか」

家康はさすがに語気を荒くした。

於大とは幼い頃に生き別れになり、桶狭間の戦いに出陣する途中に再会をはたした。しかし母親らしい優しい言葉をかけてくれるどころか、顔が不細工だとか父親に似て陰気だとか、さんざん悪態をついた。

揚句のはてには、

「あなたを見ていると、私を離縁した広忠さまを思い出して腹が立つ」

となじったのである。

その痛手は心の傷となって、今も記憶に残っていた。

「お万にどんな仕打ちをしたか、分かっていますか。双子を産んだというだけで側から遠ざけ、八年もの間ほったらかしではありませんか。於義丸はもう九歳になっているのですよ」

「それは分かっています」

「分かっているなら、浜松城に呼びもどし、しかるべき待遇をして名誉を回復してやるのが先ではありませんか。それなのにいつ出来るか分からない駿府城へ来てくれなどと言われても、応じられるはずがないでしょう」

「お万がそう言ったのですか」

「あの娘はそんな人間じゃありません。黙って耐えているから、余計に不憫なのです」

家康はぐうの音も出なかった。あなたにそんなことを言われる筋合いはないという反発心もかすかにあるが、於大の言うことは決して間違っていなかった。

「あなたはお万を正室にする気はないのですか」

於大がここぞとばかりに畳みかけた。

「そんなことは考えていません」

「それなら誰を正室にし、誰を後継ぎにするのですか」

「…………」

「何人も側室を持つのは構いません。しかしそろそろ正室と後継ぎを定めておかなければ、あなたに万一のことがあった時には必ず争いが起こります。そのために家が亡ぶことにもなりかねませんよ」

「ご意見は充分にうけたまわりました」

だからもう下がってくれ。家康はそう言うかわりに席を立った。

正室にはお市の方を迎えるつもりだと言ったなら、於大はさぞ驚くだろう。腹立ちまぎれにそう思った。

今のところ家康には四人の側室と五人の子がいる。お万の方には於義丸、お愛の方には長松と福松丸、西郡の方には督姫、下山の方には振姫。

これに加えて築山殿が産んだ信康と亀姫がいるが、信康は三年前に自害し、亀姫は奥平信昌に嫁がせた。

亀姫はすでに九八郎（家昌）、亀松丸（家治）、千松丸（忠政）を産んでいるので、三人の孫を持つ祖父でもある。

そろそろ後継ぎを決めなければと思うものの、その問題に正面から向き合うことを避けていた。

正室は築山殿、後継ぎは信康。長年そう思ってきたのに、自分の手で二人とも殺さざるを得なくなった。そのことへの申し訳なさが、今も家康に正室や後継ぎを決めることをためらわせていた。

「殿、於大の方さまが、これをお渡しするようにと」

近習(きんじゅ)の康忠が追いかけて来て、菅生(すごう)神社の守り袋を差し出した。

「これは？」

「信康さまから拝領した形見の品だそうでございます」

「形見だと」

そんなことは初耳である。家康は守り袋を開けて中を確かめた。小さなお札とともに折り畳んだ紙が入っている。

祖母の源応院(げんおういん)が家康に遺した戯(ざ)れ歌(うた)だった。

世の中はきつねとたぬきの化かしあい

欲ばしかいて罠にはまるな

家康はこの書き付けを戒めとして信康に渡した。

信康は守り袋に入れて肌身離さず持っていたのだろうが、いよいよ自害と定まった時、源応院の娘である於大の方に形見として贈ったのである。

その時の信康の心情を思うと、家康の胸に哀しみの熱いかたまりが突き上げてきた。

於大の意図は明白である。今度の安土への呼び出しは罠かもしれないと、それほど強く案じているのだった。

「確かに受け取った。母上にそう伝えてくれ」

家康は文机に座り、じっくりと書き付けに向き合った。

桶狭間の戦いの直前、源応院は自害して水野信元に対する今川義元の疑念を晴らそうとした。

義元はその心情を哀れみ、信元の言い分を認める形で和議を結んだ。

だがこの和議も源応院の自害も、義元を桶狭間に誘い出すための罠だったのである。

すべては信長の計略だった。

世上の風説では、今川義元が二万五千の大軍をひきいて尾張攻めに向かったのは、信長を討って長年の争いに決着をつけるためだったとされている。

だが両雄の対決の内情は、もう少し複雑で手が込んでいた。

義元は信長を除こうと、尾張守護の斯波義銀と手を結んでいたのである。

義元が尾張に向けて軍勢を進め、信長が迎え撃つために出陣したなら、留守に乗じて義銀が清洲城を乗っ取り、信長を挟撃する手筈だった。

今川方となった服部左京進友貞は、船千艘を天白川の河口に回し、義元の軍勢が大高城に入ったなら一万ばかりを清洲に送る仕度をととのえていた。

これを察知した信長は、相手の裏をかいて義元を討ち取る計略を立てた。義元が桶狭間の狭い谷に進軍してきた時、乾坤一擲の勝負を挑むことにしたのである。

そのために信長は二つの策を取った。

ひとつは水野信元に高根山に砦を築かせ、義元の休息所としたことだ。

義元がどこにいるかを正確に把握するためで、信元が義元に恭順したのはこの計略に従ってのことだった。

もうひとつは、火縄銃と長槍を組み合わせた部隊の戦闘力を徹底的に鍛え上げたことだ。

これはマスケット銃隊とパイク兵と呼ばれる長槍部隊を組み合わせ、弾込めの間、銃隊を守れるようにした、スペイン陸軍のテルシオ部隊に学んだものだ。

狭い谷に誘い込まれた今川勢は、三間半（約六・三メートル）もの長槍で槍衾を作り、余裕を持って鉄砲の弾込めをする戦法に太刀打ちできず、水をまくるがごとく敗走を重ねて、ついに義元まで討ち取られたのである。

今川方として出陣した家康は、敗戦の後にそのすべてを知り、信長という武将の物凄さに慄然としたものだ。

並の武将なら、義元と斯波義銀の謀議を知った時点で、義銀を斬って叛乱の芽をつんだだろう。

ところが信長はそれを逆手に取り、大高城に入ろうとする義元を桶狭間で見事に討ち取ったのである。

そのことを思えば、信長が家康を安土に呼び寄せて殺そうとしているという於大の危惧も、あながち否定はできなかった。

（もし、そうだとしたら……）

どんな計略を立てるだろうと、家康は新たな目で事の次第をとらえ直してみた。

信長が浜松から弓衆、鉄砲衆だけを供にして安土に向かったのは、於大が言うように先に範を示して家康が命令を断れないようにするためである。

お市との縁組みを勧めたのは油断させるため。将軍宣下を受けると言ったのは、安土に呼び寄せる口実である。

そう考えることは可能だが、家康にはそんなことがありえるとは思えなかった。

今の信長は、将軍となって律令制を手本にした国を築き上げることしか考えていない。

そうしてスペインやポルトガルに対抗できるようにすることが、日本のために絶対に必要だと考えている。

そのためには備後の鞆の浦にいる将軍足利義昭と、副将軍となって鞆幕府を支えている毛利輝元を倒さなければならないのだから、東国を押さえる家康の協力はますます必要になる。

「お市を嫁にすれば、余とそちは本当の兄弟になる。同じ志を持って天下を築いていくことができる」

そう言った信長の心に偽りはないと、家康は確信していた。

しかし、丸腰同然で出かけていいかという懸念は、頭から消え去らない。家康は一晩思案をめぐらしてから、服部半蔵を呼んだ。

「安土に伺候する前に、伴与七郎と協力して近江や京の様子をさぐってもらいたい。今動かせる人数はどれくらいだ」

「五十人ほどでございます」

配下の多くは駿河に入れていると、半蔵は答えた。

駿河に入国したばかりなので、国衆の中に不穏な動きをする者はいないか、全力をあげて探っていたのである。

「それでは足りぬ。あと五十人は欲しいが、何とかならぬか」

「伊賀の本家に頼めば何とかなるかもしれませんが、よろしいでしょうか」

半蔵が慎重になるのは、服部本家は天正伊賀の乱の時に信長と敵対したからである。その関係はまだ修復されていないので、信長に知られたら問題になりかねなかった。

「そうであった。あの折は伊賀は酷い目にあったな」

「殿のお計らいのお陰で、多くの伊賀者が三河に逃れて命をつなぎました。その者たちに声をかければ、喜んで集まってくれましょう」

「誰か人を立てて、当家とは関係ないように見せかけることはできぬか」

「ならばいかがでしょう。能楽の一座に頼んでみては」

「伝はあるか」

「観世家は流祖の観阿弥どのの頃から服部家の縁戚に当たります」

その関係は今もつづいていて、伊賀忍者が観世の一座に入って諜報活動にあたることもあるのだった。

「それは妙案じゃ。観世の一座なら貴人の宴席に招かれることも多かろう。帝のご譲位や将軍宣下の仕度が進んでいるかどうかも確かめてもらいたい」

「帝はご譲位なされるのでございますか」

「上様は、今上のご譲位を計らった後に、新たな帝から将軍宣下を受けると明言しておられる。東宮の誠仁親王へのご譲位の儀が必ず行われるはずじゃ」

信長がご譲位の後の将軍宣下にこだわるのは、公武の間で問題が起こった時に、新帝の任命責任を追及できるようにしておくためである。

そうすれば朝廷は信長と一蓮托生となり、律令制に倣った国造りに協力せざるを得なくなる。

それに信長が将軍位を嫡男信忠に譲る時に、新帝にも譲位を迫り、誠仁親王の皇子である五の宮（信長の猶子）を即位させることも可能になる。

五の宮が即位されれば、信長は名義上とはいえ天皇の父親となり、太上天皇の称号を得て朝廷を差配できる。

このことについて信長は、「一時的に天皇の位を借りる」と言ったが、律令制に倣った整然とした国家を築くには、公武両権の上に立つ存在になることが絶対に必要なのだった。

「それゆえ朝廷でご譲位の仕度が進められているかどうか捜ってくれ。それが進められていれば、将軍宣下が行われる証拠にもなる」

「承知いたしました。ただ……」

「何じゃ。気がかりなことがあるなら遠慮なく申すがよい」

「公家衆は口が堅うござる。その壁を破るには、かなり銭がかかりまするが」

「いくら使っても構わぬ。一万の軍勢を連れて行けぬ代わりに、当家の運命をそちに託すのじゃ」

そのつもりで働いてくれと、八百両（約六千四百万円）の手形を当座の資金として渡した。


五月六日の夕刻、穴山梅雪のもとに出向いていた鳥居元忠がもどった。

梅雪の一行二百人は天竜川の渡河に手間取っているという。

「上流でまとまった雨が降ったようで、水が引くのを待っておられます。到着は明日の夕方になるとのことでござる」

元忠は梅雪に頼まれ、このことを伝えるために一足先にもどったのだった。

「甲斐の様子はどうじゃ。領民の暮らしは、少しは落ち着いたか」

「まだまだでござる。元の暮らしを取りもどすには、二年や三年はかかりましょう」

甲斐の悲劇は武田家が亡びたことばかりではない。二月十四日に浅間山が大噴火を起こし、甲府盆地はぶ厚い火山灰におおわれた。

しかも噴煙が上空にただよって日の光をさえぎり、気温は真冬のように下がって多くの凍死者が出た。

家康も甲斐に出陣した時、灰色の大地に突っ伏して息絶えた者たちを見て胸を痛めたものだった。

「食糧だけでも届けてやればいいが、河尻秀隆（かわじりひでたか）どのの施策はどうじゃ」

「何もかも手つかずでござる。入国なされたばかりゆえ、統治の仕組みを作り上げるのに手一杯で、領民の救済に取りかかる余裕がありません。そのために被害は拡大するばかりで、領民の不満が高まっております」

武田家が亡びた後、甲斐国の大半は河尻与兵衛（よへえ）秀隆に与えられた。

ところが戦災と噴火で荒廃した領土を立て直すのは容易ではない上に、武田家の残党も山野に割拠して再起の機会をうかがっているという。

「不満は穴山梅雪どのの所領にもくすぶっており申す。梅雪どのの裏切りによって武田が亡びたと思っている者が多く、その批判と恨みは穴山家に向けられているのでござる」

「梅雪どのは武田一門の重鎮で、駿河一国を預かっておられた。風当たりが強いのは致し方あるまい」

「その矛先(ほこさき)をかわし、家臣、領民の支持を取りつけようと、梅雪どのは四月二十五日に亡き母上の十七回忌の法要を南松院(なんしょういん)で行われました。その席で香語（香をたいて唱える法語）をささげ、武田家の再興を誓われたのでござる」

南松院は梅雪が母の供養のために建立した寺である。

その寺での法要で、梅雪は武田家が亡んだのは勝頼(かつより)の失政が原因であったと糾弾し、嫡男勝千代(かつちよ)（後の武田信治(のぶはる)）を押し立てて必ず武田家を再興すると誓約した。

梅雪の母は信玄(しんげん)の姉、妻は信玄の娘で、勝千代は信玄の孫に当たる。武田家再興の旗頭とする資格は充分にそなえていた。

「四月二十五日といえば、そちが梅雪どのの館に出向いた日だな」

「さようでござる」

「家臣たちの反応はどうじゃ。香語はどう受け止められていた」

「皆一様に胸のつかえが取れた心地がすると申しておりました。武田家再興のためには殿のご支援が欠かせぬと、それがしの手を取って涙ながらに訴える者もおりました」

「うむ、さようか」

「よろしくお引き回しいただきたいと、梅雪どのもおおせでございます。明日もその話が出ると存じますゆえ」

性根をすえて対応してくれと、元忠が深々と頭を下げた。

「むろんじゃ。案ずるにはおよばぬ」

鷹揚に請け負ったものの、これも安土行きに際して抱え込んだ厄介な問題だった。

武田攻めの直前、家康は甲斐一国を安堵すると約束して梅雪を身方に誘った。

駿河を領していた梅雪が寝返ったなら、武田家が日ならずして滅亡することは明らかで、信長もこの措置を認めてくれると思ったからだ。

もし認めてくれなければ、甲斐二十二万石の収入分を二年でも三年でも信長に出してもらうよう交渉する。

それが出来なければ、自分が立て替えるとまで言い切った。

つい二ヶ月ほど前、三月二日付で発した文書は次のようなものである。

〈甲州乱入に就きて、彼の国進所たるべきの旨、所務なき以前も、二年も三年も安

土より御扶持を加えられ候様、申しなすべく候。若し首尾相違に於ては、此方より合力を申すべく候。其為に一書を進ぜ達し候〉

梅雪を身方に引き入れ、家臣、領民に負担をかけることなく武田征伐をなし遂げたい一心で結んだ約束だが、信長はこれを認めなかった。

梅雪の本領である河内領は安堵したものの、甲斐は河尻秀隆に与え、領地の境目が入り組んでいる所は両家で相談して決めるように命じた。

このために家康は、甲斐一国に相当する扶持を梅雪に与えるように信長に進言する責任を負うことになった。

実現できなければ、その分を立て替えなければならないのだから、今後大きな負担となる。

そのことを思えば、梅雪と会うことさえ気が重くなるほどだった。

翌日、穴山梅雪が浜松城にやって来た。

緋色の陣羽織を着て、二百の兵を従えている。いずれも大柄の馬に乗り、戦陣慣れした不敵な面構えをした者たちだった。

家康は梅雪を富士見櫓の茶室に案内し、手ずから茶を点ててもてなした。

幸い空はからりと晴れ、雪をかぶった富士山がかすかに見えた。

「こうして富士のお山をながめると、甲斐から旅してきた道中が思われます。この先も、どうかよろしくお願い申し上げまする」

梅雪は小柄な男で、丸い頭を僧形に剃(そ)り上げていた。

「こちらこそ、よろしくお願いいたします。思えば長い付き合いでござるな」

「初めてお目にかかったのは十四年前。両家が今川家を挟撃するために同盟を結んでいた頃でございます」

「挟撃とは名ばかりで、信玄公は信長公と手を結び、当家と今川家を戦わせた揚句、両家とも亡ぼして漁夫の利を得ようとしておられた。お陰で遠交近攻策の恐ろしさを、身をもって教えていただきました」

長旅で喉が渇いている梅雪のために、家康は大ぶりの高麗(こうらい)茶碗に薄目の茶を点てた。

「そう言って下さるな。信玄公はあの頃から貴殿の力量を恐れ、今のうちに潰しておかねば家の災いになると案じておられたのでござる。現に貴殿は今川家、北条(ほうじょう)家と和解する奇策を用い、見事に信玄公を出し抜かれた。信玄公が病を押して三方ヶ(みかたが)

原に出陣なされたのは、この時の遺恨を晴らすためでござった」

「江尻城（静岡市清水区）には何年おられましたか」

「七年でござる。馬場信春どのが築城なされたのが永禄十二年（一五六九）でございました。その後山県昌景どのが入城なされましたが、長篠の戦いで討死なされたゆえ、それがしが城代となって駿河国を預かることになったのでござる」

この先への不安と緊張が、梅雪を落ち着きのない饒舌に駆り立てている。

自分でもそのことに気付いたのか、肘を張ってゆっくりと茶を飲み干した。

「まことに結構なお点前でござる。心を洗われる心地がいたします」

「どうぞ、いま一服」

家康は茶碗を引き、小ぶりの天目茶碗に濃い目の茶を点てた。

「甲斐の様子は、鳥居元忠どのからお聞き及びのことと存じます」

「浅間焼け（噴火）の被害が、いまだに深刻だと聞きました」

「武田家が健在であれば、領民を救う手立てを講じることもできたでしょう。河尻どのも力を尽くしておられまするが、不慣れな土地ゆえすべてが後手に回っておられます。地元の事情に詳しい武田の遺臣たちを取り立てて下さればいいのですが、謀叛の手引きをするのではないかと、その決断もつけかねておられるのでございます」

「母上の十七回忌の法要をなされたとか」

家康は天目茶碗に点てた茶を差し出した。きめの細かな点ち具合で、香りにも深みがあった。

梅雪はしばらく茶碗を見つめたまま、手をつけようとしなかった。

「どうぞ。冷めないうちに」

「三河守どのの所作を見て、信玄公に茶を点てていただいた時のことを思い出しました。人の器量が大きくなれば、所作も似てくるのでございましょう」

そう言って茶を飲み干し、目を閉じて立ち昇る香りを聞いていた。

「恥ずかしながら、主家も領国も失った我らでござる。しかもそれがしは、主家を滅亡させた張本人のように目されております。こんな時に十七回忌の法要を行ったのは、亡き母の遺徳にすがるしか皆の心をひとつにする方法がなかったからでございます」

「ご心中はお察し申し上げる。しかし梅雪どののご英断によって、多くの将兵の命と領民の暮らしが守られたのでござる。決して恥じることではござるまい」

「かたじけのうござる。それがしも断腸の思いで勝頼どのを見限り、三河守どのに身をゆだね申した。武田家再興と甲斐国の安堵の件、信長公へのお執り成しをよろしくお願い申し上げまする」

翌日の明け方、急に雨が降った。

西からの雨雲がもたらした通り雨である。雨具の仕度をするのも手間なので様子をうかがい、雨の通過を待って正午過ぎに浜松城を出た。

鳥居元忠がひきいる一隊が先を進み、本多忠勝、榊原康政ら馬廻り衆が家康の前後を固めている。

表門の前には、留守役の重臣や家族が見送りに出ていた。

見送りの列の中には、お愛の方や長松（秀忠）、福松丸（忠吉）もいる。その横には於大の方が案じ顔で立っていた。

「信長公は三河守さまを安土に呼び寄せて打ち果たされるつもりだ」

口さがない侍女たちの噂は、いつの間にか家中に広がっている。それを真に受ける者は案外多く、見送る者たちの心を重く沈ませていた。

「忠勝、景気付けじゃ。鬨の声を上げよ」

家康は門前で馬を止めて命じた。

忠勝が朱槍を突き上げて鬨の声を上げ、行く者も見送る者も声を合わせて応じた。

その夜は今切の渡の手前の舞阪で泊まることにした。

浜松からは四里（約十六キロ）足らず。移動距離が短く時間に余裕ができたので、家康は宇布見村（浜松市西区雄踏町）にいるお万の方のもとに立ち寄った。

先触れの者から知らせを受けたお万は、於義丸とともに身形をととのえて玄関先で待ち受けていた。

「お越しいただきありがとうございます。どうぞ、奥へ」

お万は近頃首のまわりが窮屈なほど太って、祖母の源応院にますます似てきている。

烏帽子をつけ濃紺の大紋をまとった於義丸は、お万を守ろうと険しい顔をして寄り添っていた。

「今日は顔を見に来ただけだ。ここで良い」

「そうですか。それなら」

お万は屈託なく侍女に茶を運ばせた。

自ら考案したという之布岐（ドクダミ）を混ぜたお茶だった。

「於義丸、天下はどうした」

天下とは於義丸が飼っている真っ黒な犬だった。

「裏山に物見に出ております。近頃鹿が畑を荒らしますので」

「弓の稽古はどうじゃ。上達しておるか」

「稽古などいたしませぬが、腕は上がっております」

於義丸は野生の獣との戦いの中で腕を磨いている。その腕は猪の急所を一撃で射抜くほど見事なものだった。

「その腕を浜松城で見せてくれぬか」

それは二人して浜松城に移ってくれという意味である。於大に釘を刺され、家康は意を決していたのだった。

「嫌です。俺の弓は見せ物ではありません」

於義丸はにべもなく突っぱねた。

「さようか。ならばいつ見せてくれる」

「父上が戦をなされる時、お側にて」

「わしを助けると申すか」

於義丸の決然とした一言に、家康は鳥肌立つほど感動した。

この年でこれだけの覚悟があれば、将来徳川家を継ぐほどの武将になるかもしれなかった。

「ならば父の城に遊びに来ぬか。見せたいものがある」

「見せたいもの？」

「今は教えぬ。来てからの楽しみにしておくがよい」

「母上が行きたいなら」

於義丸は切れ長の目でちらりとお万を見やった。

「お万、どうじゃ。於義丸どのはこう言っておられるが、浜松城に来てくれぬか」

「遊びにならお参りましょう。しかし長居は遠慮させていただきます」

「なぜじゃ。昔の仕打ちをまだ怒っているのか」

「もう少し、於義丸との時間を持ちたいのでございます。それに猪や鹿を相手にしていた方が、この子の弓の腕は上がると存じます」

お万は於義丸の成長ぶりを見るのに夢中で、家康のことなど眼中にないのだった。

翌日は今切の渡を船で渡り、吉田城（豊橋市）に泊まった。

ここで酒井忠次が加わり、五月十一日に岡崎城に着いた。東海道に面した表門には、石川数正、平岩親吉（ひらいわちかよし）らが迎えに出ていた。

小規模ながら整然と区画された城を見ると、信康や築山殿のことを思い出し、家康の胸にうずくような痛みが走った。

二人を死なせたのは三年前のことである。

非は両人にあったとはいえ、もう少し知恵を絞り手を尽くしていれば、助ける道があったかもしれない。武田家が呆（あ）っ気（け）なく亡びた今では余計にそう思われ、自分を責めずにいられなかった。

「殿、お申し付けになられた安土への手みやげは、この通りでございます」

城内の広間に入るなり、数正が書き付けを差し出した。

織田信忠、信雄、信孝、それに重臣や諸将への進物を詳細に書き上げ、かかった費用も計上していた。

「ご苦労。これで徳川の面目が立つ」

　家康はさっと目を通し、落ち度がないことを確かめた。

「ついてはひとつ、思案がございます」

「何かな」

「いかに上様のご命令とはいえ、五百の供揃えではいかにも不用心でござる」

　そこで安土への進物を積んだ荷車を多くし、精兵を人足に仕立ててはどうか。数正がそう提案した。

「五十台の荷車に四人ずつをつければ二百人になります。刀や鉄砲は長持（ながもち）の底を二重にすれば隠すことができまする」

「そのようなことを上様がお許しになると思うか」

　家康は即座に否定した。

「むろん、上様に知られないように……」

「安土城に着いて進物を渡す時にはどうする。武器を潜ませたまま渡すつもりか」

「これは道中の用心でござる。安土城に着く前に抜き取れば問題はありますまい」

「伯耆守（ほうきのかみ）（数正）どの、それは無理でござる」

忠次がおだやかに間に入った。

尾張に入れば織田家の家臣たちが常に同行している。その目を盗んで武器を取り出すことはできないし、たとえできたとしても隠す場所がなかった。

「上様はそうした小細工をもっとも嫌われる。ここは肝を据えて身をゆだねるしかないのじゃ」

「それでは案じられるゆえ、あえて申し上げているのでござる」

数正は喰い下がったが、家康は取り合わなかった。

夕方、半蔵からの使者が来た。

浄衣を着て朱色のくくり袴をはき、頭に白布をかぶっている。八坂神社のお札を売り歩く巫女で、諸国を遊行する自由が与えられていた。

「服部半蔵さまの使いでやって参りました。観世一座の音阿弥と申します」

「さすれば男か」

家康は驚いて顔をのぞき込んだ。

薄く化粧をしてうつむく姿も、やや高めの鈴を鳴らすような声色も、女としか思えない。都の女御と比べても、引けは取らない上玉だった。

「一座の中では女の役をつとめることもありますので」

「どんな姿にも化けることができるのだな」

「さようでございます」

音阿弥はかすかに顔を上げ、半蔵は大津の船宿を拠点にして、お申し付けの通りに手配を終えたと言った。

「人数は揃ったか」

「一座の者二十人、伊賀者三十人が半蔵さまのご命令で動きます。また甲賀者三十人も、伴与七郎さまの計らいで動いております」

与七郎は甲賀忍者の組頭で、これまでも近江や京都の諜報において数々の手柄を立てていた。

「して、近江や洛中の動きは」

「信長公は三河守さまを迎えるために、尾張と近江の大名たちに万全の仕度をするようにお命じになりました。尾張では信忠さまが、近江では惟住五郎左衛門（丹羽長秀）さまが陣頭指揮をとっておられます」

「宿場は、どこじゃ」

「池鯉鮒（知立）、清洲、大垣、番場でございます」

「安土に参じる大名たちはどうした。供揃えの人数など分かったか」

「惟任（明智）日向守どの三百、長岡与一郎（細川忠興）どの二百、高山右近、中川瀬兵衛（清秀）などの諸将は百五十とのことでございます」

平和の時代を作り上げようという信長の方針は、それほど徹底している。

織田家臣団の筆頭である明智光秀が三百なのだから、家康が五百の供を許されたのは破格の扱いだった。

「この先の道々には一座の者十人が潜み、異変があればただちにお知らせ申し上げます。ご安心下されませ」

「都の様子はどうじゃ。ご譲位と将軍宣下の仕度は進んでおるか」

「そこまではまだ分かりません。公家衆にさぐりを入れているところでございます」

音阿弥は軽く会釈して席を立った。

仕草といい歩き方といい、どう見ても女としか思えなかった。

翌十二日は未明に岡崎を発ち、清洲まで足をのばした。

翌日には船で木曽川を渡り大垣に泊まった。

音阿弥が言った通り、信長のもてなしは万全で、宿場には新築の御殿をきずき、長良川や揖斐川には船橋をかけ、道中には半町（約五十五メートル）ごとに警備の兵を立たせていた。

翌十四日、大垣を出て関ヶ原を抜け、未の刻（午後二時）に近江の番場の宿についた。

家康と穴山梅雪は迎えの者に案内されて御殿に入った。

急拵えとはいえ、瓦ぶきの立派なものだった。

「番場の宿とは何やら因縁めいておりまするな」

梅雪が寒気を覚えたように首をすくめた。

「因縁とおおせられると？」

「鎌倉幕府が亡ぶ時、六波羅探題であった北条仲時どのは、鎌倉へ帰ろうとしてこの宿で討ち取られたのでござる。確か蓮華寺だったと思いまするが」

「ああ、『太平記』の」

その件なら家康も読んだことがあった。

後醍醐天皇方の軍勢に攻められた仲時らは、北朝の天皇を奉じて鎌倉に逃げ帰ろうとした。

ところが番場の宿で落ち武者狩りの野伏に襲われ、蓮華寺で主従四百三十余人が切腹して果てたのである。

「しかし、何ゆえ因縁などとおおせかな」

「武田家の祖である新羅三郎義光は、源頼朝公の祖である八幡太郎義家どのの弟でござる。頼朝公が幕府を開かれた時には、遠祖信義が富士川の戦いで平家を敗走させる働きをいたし申した」

「それは『吾妻鏡』で存じておりますが、北条家は平家でござる」

「されど幕府は源氏が創建いたした。その終焉を告げる土地に、武田家が亡びて間もなく行き合うとは、何やら空恐ろしい心地がいたします」

御殿の玄関先では丹羽長秀と長谷川秀一が待ち受けていた。

長秀は四十八歳。若くして信長に仕え、数々の戦功を立てて宿老にまで登りつめた苦労人である。

秀一は堀久太郎秀政とともに家康の取り次ぎ役に任じられている。

家康が高天神城攻めで武田勝頼に「男の勝負」を挑んだ時、検使として遣わされた逸材だった。

「三河守どの、長旅でさぞお疲れのことでございましょう」

長秀は配慮が行き届いている。足をすすぐように玄関先に侍女たちを待機させていた。

「道中、丁重にもてなしていただきました。お陰で疲れることもなく到着することができました」

「三河守どのがお越しと聞き、中将信忠さまがお目にかかりたいと」

上洛の途中にわざわざ立ち寄り、さっきから待っているという。

「どうぞ、こちらへ」

長秀が先に立って案内した。

仮の御殿は表と奥の二棟があって、両者は渡り廊下で結ばれている。

廊下の手前まで進むと、

「穴山どのはあちらの部屋でお寛ぎ下され。この者が案内いたしますので」

長秀は梅雪を従者に任せ、家康だけを奥の御殿に案内した。

信忠は真新しい畳を敷き詰めた書院造りの部屋で待っていた。

烏帽子に狩衣という軽装で、岐阜から安土に向かうところだった。

「三河守どの、ご足労をいただきかたじけのうございます。今日大垣から着かれると聞きましたので、お目にかかって甲州でのお礼など申し上げたかったのです」

「お礼を申し上げるのはこちらです。あのような厳しい状況の中で、立派に全軍をまとめていただきました。並々ならぬご苦労であったと拝察いたしております」

「浅間焼け（噴火）の被害は目をおおうばかりでございました。もっともそのお陰で武田勢が戦意を失ったのであれば、我らにとっては幸いだったと言うべきかもしれませんが」

信忠は近習に命じて酒肴を運ばせ、茶室でのように向きあって膳を据えさせた。

しばし、身分を忘れて語らいたい。そんな気持ちの表れだった。

「昨日から妙に冷たい雨が降ります。道中は大丈夫でしたか」

信忠が勧める酒を、家康は白磁の盃に受けた。

「幸い本降りになることはありませんでした。清洲でも大垣でも立派な御殿をしつらえていただき、お礼を申し上げます」

「富士遊覧の旅では、父が大変お世話になりました。そのご恩返しをさせていただいたばかりです」

しばらく酒を酌み交わしながら近況を語り合い、久々に顔を合わせる緊張がほぐれるのを待って、信忠が懐から一通の書状を取り出した。

「実は三河守どのを待っていたのは、ご相談したいことがあるからです。十日前に安土に勅使が参られ、誠仁親王の親書を届けられました。これはその写しですが、ご披見いただきとう存じます」

親書には次のように記されていた。

「天下弥静謐に申付られ候、奇特、日を経ては、猶際限なき朝家の御満足、古今比類なき事候へば、いか様の官にも任ぜられ、油断なく馳走申され候はん事肝要候。余りにめでたさのまま、御乳（乳母）をもさしくだし候、此一包見参に入れ候。万御上洛の時申すべく候、めでたくかしく」

女房奉書と呼ばれるもので、現代文にすればおよそ以下の通りである。

「天下をいよいよ静謐になされ、奇特なことです。日がたつにつれて帝や朝廷の満足は高まるばかりです。古今比類がないほどの手柄なので、どんな官職にもおつきになり、今後も油断なく天下のために働いていただくことが肝要だと思います。あまりにめでたいので、私からも乳母をつかわし、この書状をお届けする次第です。万事は上洛された時に申し上げます。めでたくかしこ」

家康は書状を二度三度と読み直した。

女言葉で結ばれているのは、親王付きの女官が記したものだからである。

「いか様の官にも、とは」

「太政大臣か関白、将軍。どれでも好きな位について構わないということです」

「上様は将軍になるとおおせでしたが」

「まず将軍になって、鞆の浦におられる足利義昭公の廃位をはかろうとしておられます」

信長が将軍になれば、義昭の位は自動的に消滅するので、義昭を奉じる毛利輝元らの大義名分は失われる。

それが西国征伐を有利にすると、信長は考えていたのだった。

「そうした上で、数年の後には将軍職を私にゆずり、朝廷の上位に立つ存在になろうとしておられます。その時にそなえて、太政大臣や関白になる道も残しておこうとしておられるのです」

　だから朝廷に三職（さんしき）に推任するように迫ったのだと、信忠はもの思わしげな表情で酒を口にした。

「三河守どのはご存じでしょう。父上が五の宮さまを即位させて、太上天皇になろうとしていることを」

「ええ、うかがいました」

「しかも安土城内に清涼殿を築いて、帝の行幸をあおごうとしているのです。臣下の身で、そのようなことが許されるのでしょうか」

「上様は天下の静謐を成し遂げ、日本をスペインやポルトガルに負けぬ国にするために、律令制に倣った国を築くとおおせでした。そのために帝の位を一時的に借りると」

「それなら帝を補佐して行えばいいはずです。そうではありませんか」

「それでは迅速に事が運びません。帝のもとにさまざまな意見が寄せられ、公家衆の会議にはかられます」

　そんな旧式なやり方では間に合わないと、信長は焦っている。

しかも公家など阿呆ばかりだと見下しているので、自分の意のままにしなければ気がすまないのである。

「三河守どのは、それでいいとお考えですか」

斬りつけるような鋭さで信忠に迫られ、家康は咄嗟に返事ができなかった。

いいとは思わない。だが信長が陣頭に立たなければ、この国を新しく造り変えることができないのは確かだった。

「わが国の歴史上、そうしたことをやろうとした人物が二人いるそうです。誰だか分かりますか」

「一人は平清盛でしょうか」

「もう一人は足利義満公です。しかし二人とも、非業の死を遂げています。それは天が不敬を許さなかったからだそうです」

「そのようなことを、誰が……」

「近衛前久公です。だから思い留まるように、父上を説得してほしいとおおせでした」

「そのような策に、乗せられてはなりません。信忠公のお立場に関わりますぞ」

家康は信忠の煩悶を目の当たりにして、信康と同じだと思った。

信康も信長のやり方は覇道だと決めつけ、信長に追随する家康を批判した。

武田勝頼の調略に引きずり込まれたのは、母をかばうためだけではなく、幕府が正統だという考えを捨てきれなかったからかもしれなかった。

「むろん誰にも言いません。三河守どのだから、お話し申し上げるのです」

「………」

「父上のなされ様には、私でさえ疑問を持つほどですから、重臣たちの中にも同じ思いをしている者がいるはずです。そのことが父上の仇になるのではないかと案じています」

「誰か不穏な企てをする者がいるとお考えですか」

話は思いがけない方に進み始めていた。

「誰という訳ではありません。ただ父上が目ざしておられる律令制に倣った国では、昔気質の大名や武士が生きる場所はありません。独自の所領を持つことも、自力を頼んで生きることもできないのですから」

古代の律令制では国土と国民は天皇のものとされ、天皇から任命された官吏が律

(刑法)と令(行政法)に従ってこれを治めた。

信長もこれに倣って日本全土を国家のものとし、自分の意に添った者を官吏として国を治めさせようとしている。

その体制下では武士たちが拠り所としてきた「一所懸命の地」の私有も、その延長線上にある領国の支配も否定される。

信長に命じられるまま、任地を治める官吏として生きなければならないのである。

信長が天正八年(一五八〇)に佐久間信盛や林秀貞(通勝)を追放したのは、この方針に反対する者は宿老であっても容赦はしないという姿勢を示すためだった。

また家臣団の官僚化を進めるために、一門衆と有能な近習に畿内を治めさせ、柴田勝家や明智光秀、羽柴秀吉のような旧来型の武将には遠国の敵の討伐を命じた。

彼らは信長の天下統一のために最前線で戦いつづけた揚句、領国を持つことを許されないまま転封をくり返し、使い捨てにされる運命に直面していたのである。

「父上は西国平定を終えたなら、秀吉どのや光秀どのをその地に転封させようとしておられます。この影響は、やがて三河守どのにも及びましょう」

「それはどういうことでしょうか」

「父上が東国の征伐にかかられる時に先陣を申し付けられ、奥州のどこかに転封を命じられるかもしれないということです」

「確かに、そうかもしれませぬ」

家康はふとそのことに思い当たった。

これまで我が身に即して考えたことはなかったが、信長の方針からすれば充分にありえることだった。

「そうなった時、三河守どのは異議なく従えますか。それとも愛着のある領土に残る手立てを講じますか」

「従うと思いますが、家臣の反対を抑えきれなくなるかもしれません」

「多くの重臣たちが、その選択を迫られています。そのことに対する反発や反感が、朝廷の権威を侵そうとしておられる父上への批判と結びつくおそれがあるということです」

「なるほど、おおせの通りかもしれません」

家康はそんな目で政を見たことは一度もない。

信忠はまだ二十六歳だが、立場によってこれほど視野が広がるのかと刮目するばかりだった。

「それに西国での方針をめぐって、重臣の間で争いもあります。父上は光秀どのを仲介役として、四国の長宗我部元親どのと親密な関係を築いてこられました。ところが秀吉どのは長宗我部と敵対している三好康長どのと親交があり、甥の秀次どのを三好家の養子にしておられます」

　そのため四国の処遇をめぐって、光秀と秀吉が水面下で争うようになった。

　そして昨年十一月十七日、秀吉が三好家の旧領である淡路を電光石火の進撃作戦で占領し、康長に引き渡したのである。

　この形勢を見た信長は、康長を阿波と讃岐にも進攻させることにし、この地を支配していた長宗我部元親に兵を引くように命じた。

　一転して窮地に追い込まれた元親は、光秀を通じて信長に方針の変更を願った。ところが信長はこの要求を無視し、織田信孝を大将とする三万の軍勢を四国に送り、元親を力でねじ伏せようとしている。

　これに対して元親は必死に光秀に執り成しを頼んでいるが、信長との関係は膠着したままだった。

「そこで元親どのは足利義昭公に身方し、毛利と同盟することで窮地を脱しようとしておられます。しかも義昭公は、この機をとらえて光秀どのにまで調略の手を伸ばしておられるのです」

「まさか、日向守どのが……」

家康は一瞬虚を衝かれたが、かつて義昭は一色藤長をつかわして浜松にも調略の手を伸ばしてきたのである。

光秀は義昭の近臣だったのだから、使者を送るのは容易なはずだった。

「確かなことは分かりませんが、義昭公の側近である小林家孝が、愛宕山詣での行者に姿を変えて丹波亀山を訪ねたことは分かっております。光秀どのと接触したのは間違いありますまい」

こうした問題を抱えている時に、ご譲位と将軍宣下を強行して世の反発を招くのは得策ではない。

信忠はそう案じていた。

「それゆえ三河守どの、上洛を延期するように、貴殿から父上に進言していただけないでしょうか」

「上洛を延期するように……」

家康はおうむ返しにくり返した。

「そのような大事を、何故それがしに」

「三河守どのの他に、頼れる方がいないからでございます」

「惟住（丹羽長秀）どのや池田恒興どのがおられましょう」

「あれらは家臣でござる」

信忠は驚くほど冷ややかに言い放ち、家康に盃を回した。

「このたび三河守どのは、叔母上を娶って下さると聞きました」

「ええ、まあ」

家康は頬が赤らむのを感じ、それを隠すように盃を飲み干した。

お市の方との縁談が信忠にまで伝わっているとは、思いも寄らないことだった。

「それを父上はたいそう喜んでおられます。これで我らは三国無双の兄弟になるとおおせでございました」

「………」

「それゆえ三河守どのの進言なら、父上も聞き入れるかもしれません。他に誰も適任はいないのです」

「事情はうけたまわり申したが、上様の様子も分からず無闇なことは言えません。安土に着いてから返答させていただきます」

「ここだけの話ですが、私は穴山梅雪を成敗するつもりです」

信忠が家康を真っ直ぐに見つめ、唐突に切り出した。

「何ゆえでしょうか」

「主家を一度裏切った者は、二度も三度も裏切ります。甲府で小山田信茂を成敗したのはそのためです」

「それがしはそうは思いません。失敗し苦渋の決断をしたからこそ、学ぶこともあると存じます」

「しかし三河守どの、梅雪を始末しておいた方が、貴殿のためにもなるのではありませんか」

信長が甲斐国の収入分を梅雪に支払うことを拒否したなら、家康がそれを肩替わりしなければならなくなる。

信忠はそれを知っていて、家康が信長に進言してくれるなら自分が梅雪を斬ると、取り引きを申し出てきたのである。

御曹子と甘く見ていた信忠の、思いがけない一面だった。

「ご無礼ながら、今の話は聞かなかったことにいたしましょう」

家康はおだやかな笑みを浮かべて盃を置いた。

「何故でござる。三河守どのもお困りだと思うが」

「信忠さまのご孝心には感じ入りました。それゆえ安土に着いておおせがもっともと思えたなら、上様に進言させていただきます。事はそれだけに止めていただきたい」

話を終えて表の御殿にもどると、梅雪が気遣わしげに出迎えた。

「三河守どの、何の話でございましたか」

信忠には甲府で冷たくあしらわれたので、自分のことではないかと気を揉んでいたのだった。

「天下の情勢について、話を聞かせていただいたばかりでござる。信忠さまも立派な武将におなりになりました」

「さようでござるな。やがては将軍となられるお方ゆえ」

「安土城に着いたなら、なるべくそれがしの側を離れないようにして下され」

「な、なぜでしょうか」

「上様は気まぐれゆえ、いつどんなご用を申し付けられるか分かりません。それに梅雪どのは漢籍にお詳しいので、教えていただきたいこともあるのでござる」

信忠はいきなり梅雪を斬り捨て、取り引きの履行を迫るのではないか。家康はそう案じていたのだった。

第二章

安土城

本能寺の変直前の信長家臣団

畿内方面軍：明智光秀、細川幽斎、筒井順慶…

中国方面軍：羽柴秀吉…

北陸方面軍：柴田勝家、佐々成政、前田利家…

四国方面軍：織田信孝…

関東管領軍：滝川一益…

遊　撃　軍：丹羽長秀、津田信澄…

小姓衆：森蘭丸…

馬廻り衆：
堀久太郎秀政、長谷川秀一、菅屋久右衛門…

翌朝早く番場の宿を出て、降りしきる雨の中を南に向かった。

あたりは一面の平野で、一尺（約三十センチ）ばかりに伸びた稲が琵琶湖から吹く風にかすかに揺れている。田んぼは整然と区画され、稲も等間隔で真っ直ぐに植えられている。

近江といえば商業の中心地。琵琶湖水運は日本の流通の大動脈である。琵琶湖を制する者は天下を制すると言われている。

近江商人は商売上手で知られ、諸国に出向いて幅広く活躍しているが、近江人はもともと律儀で勤勉で合理的なのである。

その気性は、よく手入れされた田んぼにはっきりと表れていた。

鳥居本宿で道は二つに分かれている。真っ直ぐに行けば中山道。右に折れれば信長が新しく築いた安土往還だった。

道を南に向かうにつれて、琵琶湖の岸が近くなった。海と見まがうばかりの湖が、灰色の湖面にさざ波を立てて広がっている。

対岸に連なる比良山地が雨に煙り、比叡山の山頂も雨雲におおわれていた。

家康は重苦しい空をながめて馬を進めているうちに、信忠が「主家を一度裏切った者は、二度も三度も裏切ります」と言ったことを思い出した。

かつて家康も、今川(いまがわ)家を離れて信長と同盟する道を選んだ。

それを裏切りだと思ったことはないが、世間はそうは見てくれないらしい。

信康(のぶやす)にも「父上が今川を裏切って、信長公と同盟を結ばれたのと同じ歳(とし)です」と論難されたことがあったのだった。

やがて愛知(えち)川にさしかかった。

昨日からの雨で川が増水し、茶色に濁って流れを速めている。供の者たちが馬や荷物を渡す間、家康たちは近くの寺で休息することにした。

「どうぞ、こちらでございます」

長谷川秀一(はせがわひでかず)に案内されて庫裏(くり)に入ると、お凌(しの)ぎの切り麺が用意されていた。

練った小麦粉を薄く伸ばし、細く切ってゆでたもので、これをだし汁につけて食べると喉越しも良く、暑い季節の間食にはもってこいだった。

「お替わりはいかがでございましょうか」

そう勧める声に聞き覚えがある。おやっと思ってふり返ると、寺の小僧がかすかな笑みを浮かべた。

音阿弥である。岡崎では歩き巫女の姿をしていた観世一座の忍びが、頭を丸めた僧の姿をしていた。

「もう結構。それより厠に案内してくれ。雨に濡れて腹が冷えたようだ」

家康は厠に行き、雪隠の前で音阿弥を待たせた。

「なぜ、ここにおる」

「渡河の前にこの寺に立ち寄られると、分かっておりましたので」

顔見知りの僧に頼んで、接待の手伝いに入ったという。

「安土の様子はどうじゃ」

「三河守さまを迎える仕度で大童でございます。ひときわ念を入れてもてなすように、信長公が直々に指示をしておられるとのことでございます」

「都はどうじゃ。朝廷の動きはつかめたか」

「五月の初めに、安土に勅使を下されました」

「それは聞いておる」

「帝は反対なされたそうですが、誠仁親王と近衛前久公が無理に進められたのでございます」

「帝は反対しておられるのか」

「派遣の前日まで禁裏に引きこもり、どなたにも会おうとなされなかったとのこと。それを近衛公が、脅しつけるようにしてお許しを得られたそうでございます」

「脅しつけるようにだと」

「お湯殿の上に仕える女官から聞いた話でございます」

帝がお使いになるお湯殿の側に女官が控える部屋があり、お湯殿の上と呼ばれている。

ここで記された『お湯殿の上の日記』は、現在も天皇と朝廷の動向を知る貴重な資料になっている。

観世一座の忍びたちは、朝廷内の機密の荷い手である女官たちから情報を得る伝を持っているのだった。

「引きつづき力を尽くしてくれ。半蔵はどうした」

「大津の船宿にこもり、配下からの知らせをふるいにかけておられます。三河守さまにお伝えするのは、半蔵さまのご指示があったものだけでございます」

「ならば半蔵に伝えてくれ。鞆の浦の足利義昭公が、明智日向守どのに使者をつかわされたそうだ。その後も交渉があるかどうか調べよ。それから勅使の派遣をめぐって、なぜ帝と誠仁親王が対立なされたのかも突き止めてくれ」

愛知川を渡る頃には空が明るくなり、雨が小降りになった。

家康らは川を渡った所で隊列を組み直し、南に進んで観音寺山のふもとを抜けた。右手の小高い山の頂に安土城の天主閣がそびえている。

それは今まで見たことがないほど奇妙なものだった。

外見は五階。三階までは御殿の大屋根のような造りで、その上に二階建ての望楼型の櫓が載せてある。

四階は八角形で柱は朱色、壁は白に塗られている。五階は正方形で柱も壁も金箔を張り、小雨の中でも燦然と輝いていた。

瓦は青みがかっていて、軒丸瓦にも金箔がほどこされている。

五階には廻り縁と欄干がめぐらされ、屋根の四隅には風鐸が下げられているので、仏堂や仏塔のようだった。

（これは……）

キリスト教の教会のようだと家康は思った。

高さはおよそ十一丈（約三十三メートル）。三階から五階まで真っ直ぐに建つ姿が、図版で見た教会の塔によく似ていた。

「聞きしに勝る威容でございまするな」

穴山梅雪が馬を寄せて語りかけた。

「さよう。この世の物とは思えませぬ」

「もしやこれは明堂に倣ったものではないでしょうか」

「明堂？」

「古代の周の時代に、皇帝が政務をとったと伝えられる宮殿のことでございます。その形は『周礼』に記されていますが、正確なことは分かっておりません。ところが隋の時代の宰相宇文愷が精巧な図を描き、以来それが明堂の姿だとされてきました」

それによれば一階は丸い形をしていて、皇帝が万民の参賀を受けられるように、母屋から張り出した屋根付き縁がついている。

二階は正方形の屋根で、三階は八角形の建物が丸い屋根でおおわれているという。

「明堂とは少し形がちがいますが、似ているような気がしてなりませぬ」

「さようでござるか」

家康はそんなことがあるだろうかと半信半疑で馬を進めたが、城の表門まで来てあまりの異様さに息を呑んだ。

外堀にそって三つの門が並び、屋根付きの塀でつないである。

真ん中の門の向こうには真っ直ぐな石段があり、山頂にそびえる天主閣までつづいていた。

「まさに明堂でござる。皇帝の宮殿には三つの門を造り、皇帝は中央から、客や家臣は左右の門から出入りいたします。真っ直ぐな石段と天主閣の背後には、皇帝の象徴である北辰（北極星）がまたたくはずでござる」

「確かに常ならぬ構えでござる」

これでは城としての防御機能はきわめて低い。信長が安土城を権力の象徴である宮殿と位置づけていることは明らかだった。

（上様は皇帝になられるつもりだろうか）

そう考えてみたが、日本の皇帝とはあまりに突飛すぎる。

それならなぜと再考してひらめいたのが、律令制が古代中国で造られた制度だということだった。

古来中国では、皇帝は天命を受けて天下を治めるものと考えられてきた。

それゆえ皇帝は天の意思に添う正しい政治と祭祀（さいし）を行わなければならない。

そのやり方を記したのが『周礼』で、皇帝のもとに各職務を担当する官庁を設置することになっている。

その主なものは天官（宮廷）、地官（教育）、春官（祭祀）、夏官（軍事）、秋官（裁判）、冬官（工事）の六部門である。

こうした理念を基本にして中国全土を初めて支配したのが秦の始皇帝で、律令制や官吏中心の中央集権制はこの時に整備された。

秦は始皇帝の没後間もなく崩壊したが、周礼の思想は漢、隋、唐に受け継がれていく。そして唐の頃に完成した律令制を、日本は遣唐使を派遣することで学び取り、天皇を中心とした古代国家を築いたのである。

それゆえ新たに律令制を導入するためには、自らが皇帝に代わる存在にならなければならない。

信長はそう考え、明堂に倣って安土城を築いたのではないか……。

家康は異様なばかりに壮麗な安土城を見上げ、痛々しさに胸を衝かれた。

この国を変えねばならぬという信長の意志があまりにも切実で、危うさを覚えずにはいられなかった。

外堀の前で馬を下り、右側の門をくぐって城内に入った。天に駆け登るように真っ直ぐにつづく階段の両側には、重臣たちの屋敷が並んでいた。

まるで入口の守りを受け持つようにそびえているのは、前田利家と羽柴秀吉の屋敷である。

いずれも高石垣を組み上げ、瓦葺きの大屋根を上げている。

それが城全体の偉容を際立たせる装飾にもなっていた。

「どうぞ、こちらでございます」

長谷川秀一が階段の中程で右に折れた。

信長は城内に総見寺を築いている。その塔頭である大宝坊を、安土滞在中の宿所にするようにとのことだった。

「半刻（約一時間）後にご天主にご案内します。それまでお寛ぎ下さいませ」

幸い梅雪主従は別棟である。家康はようやく気詰まりから解放され、雨に濡れた装束を脱いで手足を伸ばした。

　重臣たちは何やら心細げである。

　安土城の偉容に圧倒され、身の置き所がない心地がしているのだった。

「借りてきた猫のようではないか。思うところがあれば遠慮なく申すが良い」

　家康は苦笑した。

　家臣たちの尻込みぶりが、何とも田舎臭く愛らしかった。

「三千の兵があれば、この城は五日で落とせまする」

　鳥居元忠がぎょろりと目をむき、いきなり物騒なことを言った。

「ほう。策はあるか」

「風の強い日に火を放つのでござる。小山にこれほど屋敷を密集させては、薪を積み上げているようなものでござる」

「滅多なことを申されるな。壁に耳あり障子に目ありでござるぞ」

　酒井忠次がたしなめた。

「案ずるには及ばぬ。忠勝と康政がそれとなく見張っておる」

　家康に手抜かりはなかった。

「これはまさに王宮でございましょう。先程梅雪どのが明堂と申されたが、秦の始皇帝が造った阿房宮に似せたものかもしれません」

石川数正も梅雪に劣らず博識だった。

「阿呆でござるか」

元忠には何のことか分からないらしい。

「阿房宮。女房の房と書きまする。渭水のほとりの小山に、始皇帝が築いた宮殿でござる」

「そういえば以前安土を訪ねた時、そんな話を聞き申した。妙心寺の南化玄興さまが安土城に寄せた讃の中で、阿房宮にたとえられたそうでございます」

忠次が安土城を訪ねたのは天正七年（一五七九）。信康を助命してもらえるように信長に訴えるためだった。

ちょうどその頃、南化玄興は信長の求めに応じて『安土山記』を書き、「宮の高きこと阿房殿よりも大に似たり、城の険しきこと函谷関よりも固し」と謳っている。

それが城中城下で話題になり、忠次の耳に入ったのだった。

「南化和尚は快川紹喜どのの弟子であったな」

快川和尚は甲斐の恵林寺で信忠に焼き殺された。家康にとって思い出したくない名前である。それに阿房宮も完成することなく、秦の滅亡と運命を共にしているのだった。

半刻の後、長谷川秀一が裃姿で迎えにきた。

家康、梅雪の一行も装束をととのえ、案内されるままに大手の階段を登った。

幸い雨は上がり、空は明るくなっている。まるで信長は、半刻後にはこうなると見越していたかのようだった。

真っ直ぐな階段を山頂ちかくまで登り、左に右に折れながら本丸に向かっていると、目の前に巨大な黒鉄門がそびえていた。

黒一色に塗った門の扉は鉄板でおおわれ、鋲や乳金具が模様を描いたように美しく打ち付けてある。

門と枡形を抜けて本丸まで上がると、信忠が話していた清涼殿があった。

狭い本丸に押し込むように造った御殿は、内裏の清涼殿とは東西の配置が逆になっている。

内裏のものは、太陽が昇る東に向けて御殿が造られているが、城内のものは天主閣がある西側に向いているのである。

しかも高石垣の上にそびえる天主閣には、屋根のついた張り出し縁がつけられていた。

「やはりそうじゃ。これは明堂を模したものに違いありませぬ」

梅雪はぶるりとひとつ身震いした。

自分の説が正しかったことに、恐れと驚きを覚えているようだった。

「上様はあの上に……」

家康は張り出し縁を見上げて絶句した。

この配置を見れば、信長が帝を下に組み敷こうとしていることは明らかである。

そして帝に安土への行幸を迫っているのは、そのことを万民に見せつけるためにちがいなかった。

「どうぞ、足元に気をつけられて」

秀一が狭く急な階段を登って天主閣に案内した。

高石垣の内側の一重目は土蔵として用い、その上に六重（外見は五階）の建物が載せられている。

二重目は南北二十間（けん）、東西十七間で、三百四十坪の広さである。

座敷の壁はすべて黒漆で塗り、そこに金碧障壁画をはめ込んでいる。黒と金を対比させた斬新な造りである。

三重目は十二畳や八畳の間がいくつも配され、狩野永徳（かのうえいとく）らが描いた花鳥画や西王母の襖絵（ふすまえ）で彩られていた。

四重目もいくつもの部屋に分けられ、岩や竹、松、桐の絵など自然の画題を中心に描かれている。

五重目は屋根に破風をつけた所で、外からは四重目と五重目が三階に見える。

そして六重目が外柱を朱色に塗った八角形の階で、襖絵の画題も一風変わっていた。

八角形の部屋は内陣と外陣に仕切られていて、仕切りの内側には釈迦十大弟子と釈迦成道御説法の次第が描かれている。

外側は阿鼻叫喚の地獄図。亡者を詰め込んだ火車を引いた牛頭（ごず）の鬼が、阿鼻大城の門前で冥途の役人と亡者の引き渡しの交渉をしている場面だった。

家康らは六重目に上がった途端、赤々と燃え盛る地獄絵に度肝を抜かれ、内陣に描かれた絵によって御仏の世界の有り難さを知らされる。

（これこそ厭離穢土、欣求浄土だ）

それを体験させようという信長の仕掛けだった。

「お供の方々は、ここでお控え下され」

秀一にうながされ、家康と梅雪だけが最上階の七重目に上がった。

広さは三間四方だが、外に廻り縁をめぐらしているので、座敷は二間四方、八畳しかない。

室内を見せるために戸を立て切り、ろうそく二本を灯していた。

座敷の内側はすべて金で、ろうそくの火に照らされて鈍く輝いている。

四方の内柱には上り龍、下り龍、天井には天人影向図、壁と戸板には三皇五帝と孔門十哲の図が、金箔の上に描かれている。

三皇は神、五帝は聖人で、古代中国の理想の皇帝としてあがめられている。孔門十哲は孔子の十大弟子だった。

「両人とも足労であった」

信長は三皇と五帝の間に悠然と座り、二人の反応をながめていた。

「どうじゃ。余の城は」

「あまりの華やかさに目もくらむばかりですが、伝えようとなされていることは分かった気がいたします」

家康は信長の胸中を察していた。

「構えの雄大さといい、趣向の見事さといい、ただ驚くばかりでございます。甲斐はしがない鄙（ひな）であったと恥じ入っておりまする」

梅雪は信長を恐れるあまり、自分を卑下してひれ伏すばかりだった。

「竹（たけ）、用はすんだ。梅雪を下に連れていけ」

秀一が梅雪を連れ出すのを見届け、信長は西の戸を開けた。

まばゆいばかりの明るさの中で、灰色に染まった琵琶湖と緑に包まれた比叡山の景色が眼下に広がっていた。

「おお、これは……」

家康は驚きと感動に息を呑んだ。

まるで鳥になって地上をながめているような爽快感。これには覚えがある。信長に岐阜城の天守閣に案内され、濃尾平野を一望した時と同じだった。

空をおおっていた雲はいつの間にか切れ切れになり、雲間からさす陽が何十本もの光の柱となって湖にふりそそいでいる。

しかも陽が沈むにつれて、夕焼けに似た赤みがかった色に変わっていく。その美しさと不思議さはたとえようもなかった。

「どうじゃ。気に入ったか」

「有り難さに言葉もありません。かたじけのうございます」

「人間は小さい。一生など夢幻の如きものだ。なればこそ、生きた証を残さねばならぬ」

信長は家康の肩に手を回し、ひとしきり強く引き寄せたが、すぐに元の座にもどり、にわかに表情を険しくした。

「それでは聞かせてもらおうか。余がこの城によって何を伝えようとしているか」

「大宮の宿所にお泊まりになった時、上様は律令制度を導入して戦の世を終わらせるとおおせになりました。その制度の手本は唐の皇帝の制度にあるのですから、安土城を皇帝の宮殿になぞらえられるのは、もっともなことだと存じます」

「うむ、それで」

「それがしも上様の話をうかがって、戦のない世を築くには領地や領民の奪い合いをなくすしかないと考えるようになりました。そのためには律令制を導入して公地公民にすることが、もっとも有効な策だと存じます」

そしてそれは厭離穢土、欣求浄土を実現するための制度でもある。

なぜなら律令制、公地公民制こそが、人の心に巣くう欲と敵意を封じ込める有効な方法だからだ。家康はそう考えていた。

「ならばこの道に命を賭けるか」

「それがしはこれまで、上様こそがこの国を変えて下さると信じて従って参りました。その大業が今まさに成し遂げられようとしているのですから、身命をなげうって付いていくつもりです。ただ……」

「何じゃ。遠慮はいらぬぞ」

「本丸の清涼殿はいかがかと存じます。あのようにあからさまなことをなされては、無用の反発を招くのではないでしょうか」

「あれくらいしなければ、凡俗の輩（やから）に余の考えは伝わらぬ。そちは革命とは何か知っておるか」

「天命が革まることと存じます」

「そうじゃ。古来中国では、天は皇帝に天下を治める命を下すが、皇帝の治政が乱れた時には命を革めると考えてきた。それゆえ皇帝も、身を正し気を引き締めて政に当たったのじゃ」

信長は優れた教師である。

人の能力と適性を見定め、的確な教えを施して、飛躍へとつなげていく。だから信長のもとからきら星の如く優秀な武将、大名、そして為政者が育ったのである。

その信長が家康こそは天下国家を荷う逸材と認め、こうして噛んで含めるように自分の考えを伝えようとしているのだった。

「ところが朝廷は律令制を導入する時、この革命思想を封印した。なぜだか分かるか」

「自らの権勢を守るためだと存じます」

「それは帝の立場ばかりではない。帝を支える公家たちが、己の権勢を守るために革命思想の受け入れを拒否した。そうして世襲によって、いつまでも権力の座にいられるようにしたのじゃ。同じ理由で科挙も導入しなかった。試験に受かった有能な人材が登用されれば、自分たちの立場が危うくなると恐れたからじゃ」

「しかしそうした制度は、源平の争乱によって崩れました。源氏や平家のように下から台頭した者が将軍に任じられて政を荷い、帝は祭祀に専念しておられます」

家康も腹をくくり、教え甲斐のある生徒であることを示そうとした。

「確かにその通りだが、政の大本を帝と朝廷が握っていることに変わりはない。それは寺社や座に対する支配権や外国との交渉権を、いまだに朝廷が握っていることにも表れている。余は上洛以来十四年間、そうした古い体制の壁にはばまれ、何度も苦汁を飲まされてきた」

「それは存じておりますが、朝廷がそうした方法でつづいてきたから、古き良きものが守られたのではないでしょうか」

「何じゃ。そちが言う古き良きものとは」

「帝と神々に対する尊崇の念でございます。わが国ではその思いを皆が共通して持っているからこそ、敵対しても和解し、許し合うことができるのではないでしょうか」

「そちは信忠と会ったか」

信長が急にたずねた。

「番場の宿でお目にかかりました。それが何か」

「信忠とどんな話をした」

「お出迎えいただき、甲州での労をねぎらって下されました」

「それだけか」

信長はいろいろと察しているようである。信忠に頼まれたことを実行するにはいい機会だが、家康はためらった。

信忠の懸念が事実かどうか判断するだけの材料を、まだ持っていない。出すぎたことを言って信長の機嫌を損ね、本音を聞く機会を失いたくなかった。

「畿内の状勢について、いくらか聞かせていただきました」

「さようか。あれもいろいろと案じているようだが、肝心の所が見えておらぬ。それが何か分かるか」

「南蛮のことでしょうか」

「そうじゃ。天下を統一した後には、スペインやポルトガルと対峙する策を講じ、世界に伍していく国にしなければならぬ。革命の受け容れと科挙の実施を拒否しているようでは、いつまでたってもこの国の政治は旧態依然たるままだ」

そうした政治では時代の変化に対応できなかったために、応仁の乱以来百年ちかくも戦乱の世が放置されてきた。

これを改めるには、政治のあり方そのものを変えねばならぬ。

長年戦乱の世と対峙してきた信長の思想は、そこまで深まっていた。

「それゆえ革命思想も科挙も受け容れた制度をきずき、状況に応じて国を変えられるようにしなければならぬ。大事なのはこの国が生まれ変わることだ。危険があるからと言って、尻込みしているわけにはいくまい」

「おおせの通りでございます。上様は常に陣頭に立ち、危険をかえりみずに戦いつづけて参られました」

「そうじゃ。あえて第六天の魔王と名乗ったこともある」

「それが信忠さまには危うく思えるのでございましょう。それがしも信康に、王道を行くべきだとなじられたことがありました」

「信康か。あれは気の毒なことであった」

「本人の落ち度ゆえ致し方ありませぬ。それがしが申し上げたいのは、上様が成し遂げようとしておられることは、我が子にさえ真意が伝わらぬほど難しいということでございます」

「そうよなあ。そうかもしれぬ」

信長は思いがけないほど素直に忠告を受け容れた。

不世出の天才とはいえ、まだ四十九歳である。

たった一人でこの国を根底から変えていこうとする重圧は、並大抵ではないだろう。しかも前例がなく世間の理解が得られないので、心を許して語り合える者もいない。

信長が岐阜城や安土城に世俗から隔絶した天主閣を築いたのは、孤高であることを己に課すためかもしれなかった。

「しかし余とて、今すぐあの広縁に立つつもりはない」

広縁とは清涼殿を見下ろす張り出し縁のことだった。

「五の宮さまが即位なされ、余が太上天皇となったなら、二人並んで皆の参賀を受ける。そして宮さまが立派な帝になられたなら、余は身を引いてすべてを譲り渡す」

「まことでございますか」

「この国が良くなるなら、わしや織田家など消え失せても構わぬ。余の先祖は剣神社の神主じゃ。帝なくしてはこの国が立ちゆかぬことは、幼い頃から知っておるところで」

　お市のことだがと、信長が妹を案じる兄の顔になった。

「数日前から体調がすぐれぬ。どうやら月の障りがひどいようでな」

「さようでございますか」

「女子というものはこれだから困る。先程侍医をつかわして様子を確かめておるゆえ、床入りの儀はしばらく待ってくれ」

「それがしのことはお気になさらず、お体を大切にしていただきとう存じます」

　お市のことだ。仮病かもしれぬ。家康はそう思い、信長の心配ぶりがなんとなくほほ笑ましかった。

「それから穴山梅雪のことだが、甲斐の年貢に見合う銭を支払うことはできぬ」

「…………」

「銭を惜しんでのことではない。すべての領地を天下のものにすることは、新しい国造りの基本じゃ。領有もしておらぬ者に、年貢を与えるような例外を認めることはできぬ」

「承知いたしました。上様の本意も知らず、あのような約束をしたそれがしの落度でございます」

「この先、どうするつもりじゃ」

信長は再び天下人の険しい顔にもどっていた。

「約束のことでございましょうか」

「二十二万石分の年貢となれば、負担するのも楽ではない。今のうちに始末をつけたらどうじゃ」

始末をつけるとは、梅雪を亡き者にするという意味だった。

「お心遣い、かたじけのうございます。何とか知恵を絞りますゆえ、今しばらくお待ち下さるようお願い申し上げます」

「自領の年貢を他領の者に与えては、家臣、領民を裏切るのも同じじゃ。余の本意ともはずれておる。そのことを忘れるな」

　天主閣を辞し大宝坊にもどる途中で、梅雪が不安そうにすり寄ってきた。

「三河守どの、ひとつ教えていただけませぬか」

　自分は信長公に嫌われたのだろうか。小声でそうたずねた。

「お気になさるな。上様は気まぐれなお方ゆえ、気分ひとつで扱いが変わりまする」

「それならいいのでござるが、何やら薄氷を踏む心地がいたしまする。小山田信茂（おやまだのぶしげ）どのの例もありますゆえ」

「あれは戦場（いくさば）でのことでござる。梅雪どのは上様から所領安堵（あんど）の朱印状を得ておられるのですから、大船に乗った気でおられれば良いのじゃ」

「三河守どのだけが頼りでござる。何とぞよろしくお願いいたす」

　大宝坊の座敷では膳の用意がしてあった。遠来の客を迎える時の膳は「おちつき」と呼ぶ。ひとまず落ち着いてという意味である。

　接待役は明智光秀（みつひで）がつとめた。

「徳川（とくがわ）三河守どの、穴山陸奥守（むつのかみ）どの、本日は安土へのご参向、大儀にございました。それがし惟任（これとう）日向守が接待役をつとめさせていただきます。ゆるりとお寛ぎ下さいませ」

光秀は上座の正面に座って酌をした。

家康よりひと回り以上年上で、名門土岐氏の生まれらしい品格をそなえていた。

「本日は明石の蛸、淡路の鯛、近江の鮒寿しを用意いたしました。お口に合いますれば幸いでございます」

他に菜の汁物となます、香の物がついている。蛸と香の物と鮒寿しの皿は、金箔を敷いて華やかに装ってあった。

「かたじけのうござる。我らは田舎者ゆえ、作法も仕来たりも分かりません。お引き回しのほど、よろしくお願い申し上げます」

家康は盃を干して光秀に勧めた。

「ご無礼ながら、本日は接待役をおおせつかっております。お気持ちだけ頂戴いたします」

光秀が盃の受け取りを固辞した。

こうした折り目正しさはこの男の持ち味である。だが時には人を拒む冷たさとも名門ぶった高慢とも受け取られるのだった。

「お役目、かたじけのうございます。何やらお疲れのご様子だが」

「お心遣い、かたじけのうござる。三河守どのをお迎えする大役に、いささか緊張しているばかりでござる」

　やがて一の膳を引き、二の膳が運ばれた。

うるか、貝付きのあわび、はもなどが、金箔を敷いた皿に少しずつ盛ってある。漆塗りの黒椀はほやの冷や汁、赤椀は鯉の汁だった。

　膳の上げ下げもすべて光秀がつとめている。

　茶道にも能の仕舞にも通じ、所作も手付きも美しい。しかも知性にあふれた美しい顔立ちをしているので、舞台の一場面を見るような華があった。

「惟任日向守さまに給仕をしていただくとは、この元忠、生涯の誉れにござる。のう忠次どの」

　元忠が田舎者の本性を丸出しにして、音をたてて酒をすすった。

「まことに有り難いかぎりでござる。ところで四国の長宗我部どのの処遇をめぐって、何やら難しい問題が起こっているとうかがいましたが、まことでございましょうか」

忠次が機会をとらえてたずねた。

光秀は口許にかすかな笑みをたたえ、何も聞こえなかったように給仕をつづけている。

「日向守どのは四国の取り次ぎも務めておられるゆえ、さぞご苦労なされていることでございましょう」

忠次が厚かましく喰い下がったのは、家康の意を受けてのことだった。

「それがしの苦労など、さしたることはございません。すべては新しき天下のためでござる」

光秀はさらりと受け流した。

「新しい天下とは、いかようなものでございましょうか」

石川数正がいきなり核心に切り込んだが、これは家康の指示ではない。いつもの悪い癖だった。

光秀はこれも聞こえなかったふりをして、三の膳の給仕にかかった。

膳の中心は焼鳥である。雉の胸肉を銀の串にさし、塩で焼いたものだった。

「雉は三鳥のひとつ。心して味わうがよい」

家康は話題を変えて数正の失策をおぎなった。

三鳥とは雉、鶴、雁。高貴とされる鳥料理のことだった。

「まことに山海の珍味ばかりでござる。お心遣い、かたじけのうござる」

忠次はすぐに家康の意図を察したが、数正は自分の考えを追うことしか頭になかった。

「日向守どのは源氏の名門土岐氏のお生まれでございましょう。幕府にも御供衆として仕えておられた。新しい天下はどうあるべきと考えておられるか、是非ともお聞かせいただきたい」

「どうか熱いものは熱いうちに。冷めると味が落ちまする」

光秀は数正に酒を勧めて無礼の口をふさぎ、家康に向き直った。

「三河守どの、明日は巳の刻（午前十時）から総見寺において能会がございます。四半刻（約三十分）前に迎えに参りますので、ご仕度をお願いいたします」

「承知いたしました。幸若大夫の一座でございましょうか」

「上様はちがった趣向を考えておられるようでございます。間に昼食の宴をさしはさみ、申の刻（午後四時）には座がひけるものと存じます。その後に何かご予定はおありでしょうか」

「能会へのお招き以外は、何の予定もありません」

「ならば少々お時間をいただけませぬか」

光秀はおだやかな表情を作ったままだが、こめかみにかすかに青筋が浮いていた。

「構いませぬが、何か」

「接待役としてではなく、同僚として話をさせていただきとうござる。お知恵を拝借したいこともありますので」

「どのようなことでございましょうか」

「それは明日、改めて」

四の膳は巻きするめ、しいたけ、鮒汁など。五の膳は真魚鰹(まながつお)の刺身、削りこぶ、鴨汁など。いずれも珍味ばかりだった。

しかもそれは「おちつき」で、夜にはこれに劣らぬ晩御膳が出た。

とても食べきれないので折り詰めにしてもらい、後で近習(きんじゅ)や宿直(とのい)の者に分け与えることにした。

「それでは明朝、朝御膳の給仕に参ります」

晩御膳の給仕を終えると、光秀は二十歳（はたち）ばかりの若侍を呼び、この者を残していくのでご用があれば何なりと申し付けていただきたいと言った。

整った顔立ちと秀でた額が光秀によく似ていた。

「こちらは？」

「倅（せがれ）の光慶（みつよし）でござる。よろしくお願い申し上げます」

実の息子を預けるとは、人質をさし出すも同じである。そこには接待役としての配慮をこえた、家康に寄せるただならぬ思いが込められている。それは明日の話とも関わっているにちがいなかった。

翌朝思わぬ来客があった。

夜半から降りつづく雨の中を、太政（だじょう）大臣近衛前久が傘を手にふらりと訪ねてきた。すらりと背の高い男で、薄青色に銀糸の龍紋を散らした水干（すいかん）を美しく着こなしている。歳は家康より六つ上の四十七歳だった。

「これは大相国（たいしょうこく）さま、ご足労をいただき、かたじけのうございます」

家康は表門まで出迎えて礼を尽くした。

「身共も能会に呼ばれてな。そちが来ていると聞いたんで顔を見に来たんや」

「都からはいつ？」

「昨日着いた。城下の南蛮寺が空いとるさかい、宿所として使わせてもろとるんや」

信長は長年イエズス会を優遇し、安土城下にセミナリヨ（神学校）を設置することや、領国内での布教を許した。

ところが昨年七月、イエズス会東インド巡察師のアレッサンドロ・ヴァリニャーノとの交渉が決裂したために、セミナリヨは縮小され多くの部屋が使われなくなっている。

前久はそこを宿所としているのだった。

「甲州ではご苦労やったな。武田家は新羅三郎以来の源氏の名門やが、亡ぶ時はあっけないもんや」

「大相国さまも富士遊覧に同道されるものと思っておりましたが、急なご用でもおありだったのでしょうか」

家康は前久を座敷に案内し、松平康忠に茶の仕度を申し付けた。

「構わんでええ。信長どのに招ばれとるさかい、ゆっくりしておられんのや」

前久は上座に悠然と座り、富士遊覧に同行できなかったのは信長公に用事を申し付けられたからだと言った。

「どのような御用でしょうか」

「将軍宣下の仕度や。信長どのは関東を平定し、征夷大将軍となる内実をそなえられた。そこで将軍任官を計らわなならん。ところが厄介な問題があってな。そちもいろいろ聞いとるやろ」

前久は公家特有の他人事のような話し方をする。

しかしそれは巧妙な処世術だと、近頃では家康にも分かっていた。

「ご譲位のことでございますか」

「そうや。信長どのはご譲位を計らってからしかるべき官位につくと、昨年から朝廷に申し入れておられる。将軍宣下も今上から誠仁親王にご譲位がなされた後に受けるとおおせだが、これがそう簡単に埒があくことやあらへん」

「さようでございますか」

「そらそうや。身共はこの国を救ってくれるのは信長どの以外にないと信じておる。

そやさかい新しい天下を造るために、痛くもない腹をさぐられながら東奔西走してきたんや。それが朝廷を守るためにも必要なことやった。ところがご譲位の件ばかりはなあ」

そういう訳にはいかないと、前久が困りはてた顔をした。

「信長どののお考えは、身共にもよう分かっとる。律令制を導入する道筋をつけるために、朝廷の秘府（書庫）から資料を提供したのも身共や。その時には、信長どのが帝の後見役となって律令制を確立して下さるなら、王制の復古、帝の親政の再現ができると期待しとったんや」

「…………」

「ところが信長どのは、それでは駄目だと言われる。ひとまず将軍となった後に、信忠どのに位をゆずって大御所となる。誠仁親王へのご譲位の後には、五の宮さまのご即位を成して太上天皇の地位につかれる。そうして公武両権の上に立って、一気にこの国の改革をなし遂げなければ手遅れやと言わはるんや」

「それは無理なことでしょうか」

「身共はそれでいいと思う。何しろ不世出の天才や。いったん国を預けて王政復古をなし遂げてもらい、その後にしかるべき制度をととのえればええ。そう思うとるんやが、朝廷の中には頭の固い連中がおってな。一条内基やら九条兼孝やら、そちも知っとるやろ」

内基は現関白、兼孝は二条晴良の子供で前関白だった。

「大相国さまは位人臣を極めておられます。そこは何とでもなるのではございませんか」

「ところがそうはいかんのや。これが武家なら、逆らう奴は打ち首にしたら済むかもしれへん。けど、そうはいかんのが公家の辛いとこや。理屈をつけて説得するしか策はない。そちを三河守にした時の騒動を思えば、よう分かるやろ」

前久はさりげなく昔の恩を思い出させた。

十六年前、永禄九年（一五六六）に家康は従五位下三河守に叙任された。

信長と同盟を結び、三河一国をほぼ掌握した頃で、その正統性を得るための叙任だった。

それを斡旋してくれたのは前久だが、この問題をめぐって朝廷は紛糾した。

源氏の生まれ以外の者が三河守に任じられた例はないと、反対する公家たちがいたからである。

松平氏はもともと藤原氏の一門を名乗っていたが、これでは三河守にはなれない。

そこで前久は朝廷の秘府（書庫）から新田氏の古い系図を見つけ、新田氏の分家の世良田家の末である得（徳）川家が、三河に土着して松平氏になったという系図を作り上げた。

そうして松平家は源氏だということにして、叙任を受けることが出来た。

徳川三河守家康がこうして誕生したのである。

それ以来今日まで、家康は毎年前久に正月の礼物を送って感謝の意を表しつづけてきたのだった。

「三河守だけでもあの騒動や。ましてご譲位となれば重みがちがう。臣下からの強要によってご譲位が行われる前例を作っては、末代まで朝家に禍根を残すことになる。とまあ、こう言いよる奴がおるんや。それはまことにごもっともな正論やけどな」

「帝はご譲位を望んでおられると聞きました。そのご叡慮に従えば、問題はないと思いますが」

「ところが信長どのが安土城に清涼殿を造られたことが、ご叡聞に達してな。安土への行幸など許すわけにはいかぬと、ご譲位の希望を取り下げられたんや。信長どのには何度も煮え湯を飲まされてきたさかい、これ以上勝手を許すわけにはいかんと意地になってはるんや」

「それなら、どうなさるつもりですか」

「いろいろ策を練っとるが、頭の痛いところや。困った時には、力になってもらうことがあるかもしれん。どうか見捨てんといてや」

「それがしにそのような力はありません」

「何言うとる。信長どのに意見できるのは、今や徳川三河守どののだけや。ええか、頼んだで」

安土城総見寺は城内の西の尾根に位置していた。

信長が築城にともなって創建した臨済宗妙心寺派の寺で、山号を遠景山という。

城下からは百々橋口の急な石段を登り、仁王門をへて本堂にいたるが、ほとんどの建物は近くの寺からかき集めて組み立て直したものだった。

本堂の一角に作った能舞台で、巳の刻（午前十時）から能会が行われた。

中庭をはさんで舞台と向き合う位置に参集殿があり、そこに桟敷を作って信長、家康、梅雪、前久らが見物した。

夜半から降りつづいた雨も上がり、中庭に敷いた筵には信長の小姓衆、馬廻り衆、家康と梅雪の家臣たち、合わせて百人ばかりが整然と並んでいた。

まず丹波猿楽の一座が祝いの舞を披露した。

一番は幸若舞の「大織冠」。

中国から送られた宝珠が瀬戸内海で竜に奪われてしまう。これを残念に思った大織冠藤原鎌足が、海女の協力を得て宝珠を取り返すという伝説にちなんだものだ。

宝珠は律令制、鎌足は大化改新を成功させて律令制の導入に道を開いた忠臣。そうとらえれば家康を歓迎するための能会で、この舞を一番に持ってきた信長の意図は明らかである。

自分が鎌足となって国政を改新し、律令制にもとづいた整然とした国をきずく。その祝いだと宣言しているのである。

二番も同じく幸若舞の「田歌」。

これは田楽から発生したもので、五穀豊穣、天下泰平を祈念している。

丹波猿楽の舞と語りは、時の流れを忘れさせるほど見事なものだった。華やかな装束、時には優しく時には力強い舞の緩急、笛や鼓の妙なる響きと情感あふれる語り。そのすべてが奥ゆかしく調和している。

家康ばかりか古今の文化、芸能に精通している前久、審美眼が人一倍鋭い信長も、身じろぎもせず見入ったほどだった。

つづいて梅若大夫の能になった。

初めの演目は式三番の翁である。

精霊がこの世に現れて五穀豊穣、天下泰平、国土安穏をもたらす様を演じた神聖な演目だが、梅若大夫の動きはいまひとつ精彩を欠いていた。

家康は能の舞台に集中できず、いつの間にか自分だけの物思いに沈んでいた。

気になっているのは、光秀と前久の態度である。

光秀は能会の後で、知恵を貸してほしいと言った。前久は信長に意見できるのは、家康しかいないと持ち上げた。

それほど厳しい状況に、二人とも直面しているということだ。

光秀は長宗我部元親の処遇をめぐる四国問題、前久は正親町天皇のご譲位と信長の将軍任官をめぐる問題で窮地に立たされている。

その二人が家康を頼ってきたのは、単なる偶然なのか。それとも示し合わせてのことなのか。示し合わせているとすれば、いったい何を狙っているのか……。

それに二人そろって「新しい天下」という言葉を口にしたことが、家康は気になっていた。

光秀は織田家の重臣筆頭として、畿内の統治や朝廷との折衝に当たっている。だから信長が目ざす新しい天下については誰よりも良く知っている。

ところが前久は、朝廷の旧来の仕来りを守る立場にいるのだから、新しい天下に諸手を挙げて賛成しているわけではない。

前久が信忠に「帝の権威を乗り越えようとした平清盛も足利義満も、非業の死を遂げている」と忠告したのは、それとなく信長を牽制するためである。

にもかかわらず新しい天下を賞賛してみせたのは、ただの追従なのか、家康を欺く策略なのか。後者だとすれば、何かを企てているおそれがある。

その企てに、光秀も加わっているとすれば……。

家康の想念は次から次へとふくらんでいく。根拠のない疑いだが、戦乱の世で磨き上げてきた直感が何かがおかしいと告げていた。

（信忠どのの懸念は、当たっているのかもしれぬ）

あまりに先を急ぐ信長のやり方が、方々に無理と歪みを生んでいる。ここは上洛を延期して、もう少し堅実に事を運ぶように進言すべきだ。

そう決意した時、割れ鐘のような信長の声がとどろいた。

「たわけが。もう良い」

家康は一瞬、自分が怒鳴られたのかと思い、冷水をあびたように身をすくめた。

怒鳴られたのは、黒式尉の面をつけて三番叟を舞う梅若大夫だった。

突然あびせられた罵声に身をすくめ、右手に鈴を持ったまま立ち尽くしている。謡も囃子もぴたりと止まり、あたりは死のような静けさに包まれていた。

「そちのような未熟者に、安土の舞台を踏む資格はない。芝に下りよ」

中庭に下りろという意味だが、梅若大夫は訳が分からず、面をつけたまま途方に暮れている。黒式尉は真っ黒に塗った翁の面で、白いひげを生やして満面の笑みを浮かべている。

愛敬のある神々しい表情が、かえって信長の怒りをかき立てたようだった。

「者共、何をしておるか」

その一喝に我に返ったように、信長の近習たちが舞台に飛び上がり、梅若大夫の面も烏帽子（えぼし）も引きはがして中庭に引き据えた。

「たわけが。そちは今日の能を何と心得ておる」

「上様の門出を祝い、天下泰平と五穀豊穣を寿（ことほ）ぐものと」

梅若大夫が筵に押さえつけられたまま苦しげに答えた。

歳は五十ばかり。世に名人と称された能役者だった。

「ならば今の舞は何じゃ。体の軸がぶれて足の運びが乱れておるではないか」

家康には分からなかった舞の乱れを、信長は残酷なばかり正確に見抜いていた。

「申し訳ございません。い、一昨日から腰を痛め……」

「腰を痛めただと」

信長は飛鳥の速さで中庭に飛び下り、痛めたのはここかと叫びざま腰を踏みつけた。

「お、お許し下さい。何とぞご容赦下されませ」

「武士が戦場で腰が痛いなどと言えるか。それで敵が待ってくれるか」

「も、申し訳ございませぬ。何とぞ」

「舞台はその方らの戦場であろう。その程度の覚悟で、余の舞台が務まると思うか」

　信長はかかとに体重を乗せ、背骨も折れよとばかりに踏みつけた。

　梅若大夫は痛みのあまり、うめき声を上げて気を失った。すると近習たちが、手足をつかんで死体でも運ぶように中庭から連れ出した。

「験直しじゃ。竹、先ほどの丹波猿楽を呼べ」

　長谷川秀一にそう命じた。

　もう一曲幸若舞を演じよという信長の命令に、丹波猿楽の幸若八郎九郎(はちろうくろう)大夫は快く応じた。

　ところが能の後で幸若舞を演じることはないので、一座の者は装束を脱ぎ道具を仕舞い、帰り仕度を始めている。

　もう一度仕度をし、新たな演目を打ち合わせるには半刻（約一時間）ほどかかるという。

「それでも構わぬ。すぐに仕度にかからせよ」

信長はそう申し付けるなり席を立った。

これでは接待役の明智光秀が組んでいた予定は台無しである。昼食の酒宴を始めるわけにはいかないし、昼飯時なのに客を空腹のまま待たせるのも気の毒である。

そこで手頃な料理を折り詰めにして、酒とともに凌（しの）ぎとして出すことにした。料理の仕切りには楓（かえで）や銀杏（いちょう）の葉を使い、彩りを添えている。このあたりも茶道に通じた光秀ならではの機転だった。

「これは見事な趣向じゃ。さすがに日向守は物が分かっとるな」

前久が大げさに誉め上げ、満足そうに酒を飲んだ。

光秀は軽く会釈しただけでそれに応え、家康の前に来て酒を勧めた。

「予定より長引きそうです。例の件は、明日にでも」

申の刻（午後四時）には能会が終わらないので、二人で会う約束は果たせないというのである。この状況では致し方ないことだった。

半刻後に信長が桟敷にもどり、丹波猿楽の幸若舞が始まった。

演目は「和田酒盛（わださかもり）」という曽我兄弟の仇討（あだう）ちに材を取った大ネタだった。

語りの筋はおよそ次の通りである。

鎌倉幕府の有力者である和田義盛は、相模国の宿場で三昼夜におよぶ酒宴を張った。そこで天下に名高い白拍子である虎御前を呼び、酌をするように求める。ところが曽我十郎祐成に思いを寄せる虎御前が酌を拒んだために、宴席は険悪な雰囲気になった。

彼女の母は権力者の機嫌をそこねてはならぬと説得するが、虎御前は十郎への操を立てて応じようとしない。

母娘の争いを見かねた十郎は、自分が腑甲斐ないばかりに苦労をかけるが、ここは宴席にもどって務めを果たしてくれと虎御前を説き伏せる。

もどった虎御前を見た和田義盛は、十郎が側にいると察して宴席に呼べと命じる。そこで二人は男を賭けて向き合うことになった。

招かれた酒席に、曽我十郎祐成の席は用意されていなかった。

すると十郎は和田義盛の隣が広く空いているのを見つけて、「曽我家と和田家はかつての同輩」と言って義盛の横に座った。

そこに虎御前が酌に出ると、おせっかいの母親がしゃしゃり出て「この盃を飲み干して、好きなお方に渡しなさい」と言う。

虎御前はこれでは義盛には渡せないと覚悟を決めて十郎に渡し、受け取った十郎も飲まないでは男がすたると三杯飲み干した。

体面を汚された義盛は激怒し、十郎に宴席から出て行けと命じる。

しかし十郎はここでおとなしく出て行っては腰抜けと思われると、刀の柄(つか)に手をかけて抵抗しようとした。

もはや斬り死にか。親の仇を討たずして命も尽きるかと煩悶(はんもん)していると、弟の曽我五郎時致(ごろうときむね)が駆け付け、十郎の面目が立つ形で義盛を宿場から追い出した。

このままでは済むまい。義盛が仕返しに来るのではないかと、兄弟二人で夜通し宿場の守りを固めたが、和田勢は攻め寄せては来なかった。

「この人々の心中をば、貴賤上下押し並べ、感ぜぬ人はなかりけり」

名調子の語りと共に幸若八郎九郎大夫も舞い納め、扇を前に置いて深々と頭を下げた。

桟敷も中庭もしんと静まっている。

あまりに見事な出来映えに皆が息を呑み、寂として声もない。その感動から我に返った者たちは喝采の拍手を送りたいのだが、信長に遠慮して手を叩くことができずにいた。

思えば大胆な演目である。

信長が梅若大夫をさんざん折檻した後なのだから、横暴な和田義盛は信長と取られかねない。それをあえて舞台にかけた一座の度胸と心意気は見事なものだが、信長の反応を確かめるまでは誉めることはできないのだった。

上様のお覚えやいかに。皆の注目が集まる中で、信長は放心したように身動きせず、目に涙を浮かべている。

我に返ってそれに気付くと、あたりをはばかるように懐紙を当ててぬぐい取った。

「幸若大夫、ここに来よ」

信長は八郎九郎大夫を桟敷に呼び、手ずから盃を与えた。

「武士とは曽我兄弟のようにありたいものじゃ。良いものを見せてくれた」

そう言い終えた途端、中庭から割れんばかりの拍手が起こった。

拍手に込められているのは幸若舞への賞賛ばかりではない。曽我兄弟の男ぶりに涙を流す信長への信頼と共感、そして感激が家臣たちを突き動かしていた。

信長は常に世俗の権威、権力ではなく庶民の側に立っている。下からの革命を目ざして、我らと共に戦いつづけている。

家臣たちは信長の言動からそのことを汲み取り、この不世出の天才に従いつづけてきた歓(よろこ)びを噛みしめていたのだった。

(人を動かすのは銭でも情でもない。夢なのだ)

家康は改めてそのことを教えられ、体中に清々(すがすが)しい力がみなぎるのを感じていた。

信長は三宝に載せた黄金十枚を近習に運ばせ、幸若大夫への褒美とした。

一枚の重さは五両。新政権の樹立に向けて鋳造を始めた真新しい金貨だった。

「竹、参れ」

信長は秀一を呼ぶと、梅若大夫の分だと黄金十枚を渡した。

激昂のあまり手荒く折檻したものの、内心では気の毒なことをしたと後悔していたのだった。

申の刻(午後四時)前から始まった夕方の酒宴は、一転してにぎやかなものになった。

参集殿では信長を中心にして家康、前久、梅雪たちが晩御膳の振る舞いにあずかり、中庭では家臣たちが車座になって無礼講の宴席を楽しんでいた。

家康も久々に酒が旨いと感じながら、上洛の延期について信長に進言する機会をうかがっていた。

皆の前で言えば信長の体面にかかわる。

二人だけで胸襟を開いて語り合える場でなければならないし、他の者に聞かれるおそれがあってはならない。しかも不自然ではない場所。

そんな条件に当てはまるのは茶室か、それとも……。

（風呂だ）

その考えがひらめくと同時に、信長が今まで二度も風呂に誘ってくれたのはそのためだったと気付いた。

（それなら今度は、こちらから誘おう）

家康が姿勢を改めて切り出そうとした時、早駆けの急使が飛び込んできた。備中（びっちゅう）に出陣中の羽柴秀吉の使い番だった。

「申し上げます」

小具足（こぐそく）姿で額金（ひたいがね）を巻いた使い番は、片膝立ちになって肩で大きく息をついた。

汗まみれの顔、ほこりだらけの鎧が、駆け抜けてきた道の長さを物語っていた。

「主羽柴筑前守は毛利方の諸城を攻め落とし、敵を備中高松城に取り詰め、城下の川をせき止めて水攻めにしております」

「猿め、やりおったな」

信長が喜色を浮かべて膝を叩いた。

「敵は清水宗治以下、およそ七千。毛利方はこれを救わんと、毛利輝元、吉川広家、小早川隆景以下三万の軍勢をひきいて高松城の西の尾根に布陣しております」

使い番が秀吉の書状を差し出した。

「あの調子者が。これを見よ」

信長は高らかに笑い、家康に書状を突き付けた。

それは備中高松城を水攻めにしている様子を描いた絵図で、秀吉勢と毛利勢が対陣している様子が一目で分かる。

しかも秀吉勢の中心にある高い山に織田家の木瓜紋の旗を描き、ご本陣と記している。陣所を空けて待っているので、ご出馬願いたいという意味だった。

「毛利勢が総力をあげて間近に出陣してきたのは、まさに天の与うるところじゃ。

余が直々に出陣して毛利を討ち果たし、九州まで一気に平定してくれよう。日向守」

「ははっ」

料理の指揮をとっていた光秀が、寺の厨から飛び出してきた。

「接待役はもう良い。明日本領にもどり、与力衆とともに備中出陣の先陣をつとめよ」

「承知いたしました」

「総勢は一万五千もあれば充分だ。余も月末までには上洛し、出陣の日時は追って沙汰する。久太郎はおるか」

「こちらに」

堀久太郎秀政が車座の中から進み出た。

酒宴のなごやかな雰囲気は一転し、戦場のような緊張感があたりにみなぎった。

「そちはこれより秀吉のもとに使いに行け。余が直々に出陣するゆえ、それまで毛利を取り逃がすなと伝えよ」

「書状をたまわりとう存じます」

「そのような物はいらぬ。そちが行けば用は足りる」

　信長はそう決めつけたが、絵図の本陣の位置に花押を記し、出陣する証として久太郎に託した。

　次に信長が呼びつけたのは、次の間に控えた嫡男信忠だった。

「そちも馬廻り衆をひきいて都に向かえ。村井貞勝と図って、余の上洛を迎える仕度をせよ」

「人数は二千でよろしゅうございますか」

「構わぬ。備中出陣の折には、そちの手勢に警固してもらうことになる。長秀」

「ははっ」

　丹羽長秀は能舞台の脇にいた。

「そちは住吉に向かい、三七信孝を助けて渡海の仕度をととのえよ。先に四国を平らげ、その勢いをもって毛利の背後に回り込め」

　信長は瞬時に戦略と戦術を練り上げている。

　秀吉勢は三万、光秀の先陣部隊は一万五千、四国征伐軍は三万。総勢七万五千の大軍で毛利勢を押し詰め、自身は将軍任官の後に信忠とともに船で鞆の浦に向かうつもりだった。

翌朝はどんよりとした曇り空だった。

今にも雨が降りそうで、湿気が多く蒸し暑い。

そうした中を明智光秀、細川忠興（ほそかわただおき）、高山右近（たかやまうこん）、中川清秀（なかがわきよひで）ら、備中出陣の先陣を申し付けられた者たちが、手勢をひきいて領国へ向かっていった。

家康は重臣たちとともに大手門まで見送りに出た。

光秀が知恵を借りたいと言ったことが気になっていたが、話す機会はもてないままである。

最後に顔を合わせた時も、光秀は軽く会釈しただけで通り過ぎ、門の外に待たせた馬にまたがって去っていった。

光秀ら先陣の後には丹羽長秀が五千の近江勢をひきいて住吉に向かい、それにつづいて信忠が馬廻り衆二千をひきいて上洛の途についた。

「三河守どの、都でお目にかかりましょう」

信忠が明るく声をかけた。

やがて家康も京都に上がり、信忠の世話になることになっていた。

「信忠公、その折にはよろしくお願い申し上げます」

「これからの洛中は蒸しますよ。麻の単衣をたくさん用意しておいた方がいいでしょう」

信忠はもう、上洛の延期にはこだわっていない。出陣の態勢をとるのだから、何があっても対応できると思っているようだった。

見送りを終えて大宝坊にもどると、長谷川秀一が待っていた。

「お市の方さまが、これをお渡しせよと」

恭しく露草色の結び文を差し出した。

露草色の瑞々しさがさわやかである。焚き染めた香の匂いもかすかに立ち昇っている。そういえばもう紫陽花が咲いている頃だ。

家康はときめく心を押し隠して文を開いた。

「申の刻（午後四時）にお待ちしております」

素っ気ない文には市とだけ記してある。丸まった草書体で書かれた市の字は、ひらがなのゆに似ていた。

「何か、言伝ては？」

「いいえ、ございません」

長谷川秀一が気の毒そうに答えた。

「お市どのは、どこにおわすのじゃ」

「城内の八角平でございます。それがしがご案内いたしますので、こちらでお待ち下さい」

申の刻まではあと三刻（約六時間）ばかりである。

家康は時間をもてあまして書見台に向かったが、読みかけの『貞観政要』がまったく頭に入らなかった。

〈昔の帝王の治世を調べてみると、日の出の勢いがあった者でも、決まって滅亡の道をたどっている〉

記されている字面を目で追っているものの、意味がまったく頭に入って来ないのである。

まさに上の空、心ここにあらずだった。

〈その原因は、臣下に耳と目を塞がれ、政治の実態から遠ざかっているからだ。忠臣が口を閉ざし、こびへつらう者が幅をきかせ……〉

そこまで読んで、ついに耐えられなくなった。

「誰か、誰かおらぬか」

「こちらに」

次の間から松平康忠が応じた。

「どうも体が鈍っていかん。稽古の相手をせよ」

木刀を持ち、袴（はかま）の股立（ももだ）ちを取って中庭に出た。

康忠も木刀を取り、正眼の構えで向き合った。

「わしが打ち込む。受けてくれ」

家康は奥山神影（おくやましんかげ）流の免許を授けられた腕前である。

中段、上段、下段からの型通りの打ち込みをくり返すばかりだが、康忠は太刀筋と動きの速さに圧倒され、汗だくになって相手をつとめた。

次に康忠が打ち込み、家康が受ける。

体の急所を狙って切っ先鋭く太刀をくり出してくるので、気を抜いているとよけきれない。集中しているうちに、次第に気持ちが静まっていった。

半刻（約一時間）ばかり稽古をつづけ、汗だくになった体に井戸水をあびると、身も心も軽くなった。

そして康忠に点前をつとめさせ、ゆっくりと茶を味わった。

お市から誘われただけで、あれほど浮足立ったのは何故だろう。

浜松城を出る時から覚悟は定めてきたはずなのに、この期に及んで尻込みしているのではあるまいか。

家康は理知の鏡に照らして己の心を見極めようとした。

お市とは情を交わした仲である。信長と同盟を結ぶために清洲城を訪ねた時、お市が寝所に忍んできて子供を授けてくれと言った。

あれは永禄五年（一五六二）正月。二十年前のことだ。

家康は二十一、お市は五つ下の十六で、信長に命じられて嫁いだ相手に嫌気がさし、婚家を飛び出してきたばかりだった。

「そのために兄にひどく怒られ、肩身の狭い思いをしております。ですから元康（家康の前の名）さまの子を宿して、見返してやりたいのでございます」

裸の体を寄せながらそう言ったものだ。

家康は肝っ玉が縮み上がるほど緊張したが、ここで臆しては男がすたる。ならば授けてしんぜようと応じたものの、お市を身籠らせることはできなかった。

その後、お市は近江の浅井長政に嫁ぎ、三人の娘を産んだ。

ところが長政は信長に反旗をひるがえして亡ぼされ、お市は三人の娘を連れて織田家にもどった。

落城の悲惨をくぐり抜けたばかりか、長政の頭蓋骨を薄濃にしてさらし物にされたことが、お市の心に癒し難い傷を残した。

そのために信長に対しても頑なに心を閉ざし、部屋に閉じこもる日々を過ごすようになった。

信長はお市に酷いことをしたと内心悔やんでいて、岐阜城を訪ねた家康に何とかしてやってくれと頼んだ。

あれは七年前、長篠の戦いに大勝した後のことだ。

「何とか、でございますか」

そう問い返した家康に、

「知らぬ仲ではあるまい。皆まで言わせるな」

怒ったような顔をして言ったものだ。

信長の頼みとあらば断るわけにはいかない。家康は妻にする覚悟を定めて寝所に忍んでいったが、このことあるを察したお市は、姪を身替わりにして抜け出していた。

そしてこれが三度目。お市と共に生きるための試練であり、挑戦だった。

第三章

信長死す

本能寺の変直前の動き

秀一は申の刻（午後四時）の四半刻（約三十分）前に迎えに来た。

信長はポルトガル人から贈られた時計を愛用し、近習たちに時間の厳守を求めている。それが体に染み込み、習慣化しているのだった。

「ご案内いたします。どうぞ」

先に立って大手道の階段を登っていった。

八角平に行くには二の丸と本丸を抜け、北口門を通らなければならない。城内でもっとも守りの堅い場所に、信長は女たちを住まわせていた。

黒鉄門をくぐった時、中から公家の一団が出てきた。従者に守られるようにして歩くのは、高烏帽子をかぶった近衛前久だった。

家康は虎口の脇に寄って敬意を表した。

「おお、三河守。こんな所で会えるとはなあ。信長公のご用か」

「ええ。まあ」

家康は言葉をにごし、大相国さまもさようですかとたずねた。

「そうや。急がななならんことがあってな」

「ご譲位のことでしょうか」

「さすがに察しがええな」

前久は他の者を門外に出して二人きりになり、その難問がようやく解けたと言った。

「あったんや。徳川家の系図のような秘策が」

「それは良うございました。どのような策か、お洩らしいただけますか」

「洩らすで。そちは特別や」

前久が明かしたのは、正親町天皇の重病を理由に、自身が摂政になって名代を務めることだった。

藤原氏の氏長者が摂政をつとめた先例は何度もあるし、名代として信長に将軍宣下をしても問題はないのである。

「しかし、帝はご宣下に反対しておられるのでは」

「そやさかいご休養いただくんや。名代である身共が信長公を将軍に任じ、全責任を負えばええ。誠仁親王へのご譲位も、時期を見て計らう。その後で身を引き、仏道三昧の暮らしをするつもりや」

「上様はそれをご承知なされたのでしょうか」

「西国出兵までに将軍宣下をするには、この策しかない。そう申し上げて納得していただいた。あやうく斬り殺されるとこやったで」

「ご無事で、良うございました」

「摂政拝任は六月一日、将軍宣下は六月二日や。よろしゅう頼むで」

前久は門を出て行こうとしてふと足を止めた。

「そうや。身共の摂政拝任の祝いに、信長公が三千石を朝廷に寄進して下さった。六月一日の夕方には、公家衆が全員総出で本能寺にお礼に出向くことになっとる。そやさかい、呼ばれても遠慮しときなはれ。二日の宣下の式に出たらええんや」

「宣下の式は内裏で行われますか」

「二条御所に勅使を下す。今は誠仁親王がお住まいやが、元は武家の御所やったさかいな」

一日は遠慮しろという忠告にどんな意味があったのか、家康は後に思い知らされたのだった。

八角平の御殿の玄関口でお市の侍女が待ち受けていた。

「三河守さま、お久しゅうございます」

侍女が恥ずかしげに挨拶したが、家康に見覚えはなかった。

「織田信包の娘、房子でございます」

「すると、あの時の」

七年前にお市の寝所に忍んでいった時、身替わりを務めた娘だった。

背中から夜具にもぐり込み、乳房をつかみ秘所に手を伸ばした。

身をすくめて足をすぼめた反応からお市ではないと分かったが、顔までは覚えていなかった。

しかも七年の歳月が房子の体付きをふくよかに変えているので、そうと分かっても実感がわかなかった。

「あれ以来、お市どのに仕えているのか」

「一度嫁に行きましたが、添いとげることができずに戻って参りました。肩身の狭い思いをしている私を、お市さまが引き取って下されたのです」

案内されたのは中庭に面した部屋だった。心字の池のまわりに紫陽花が咲きほこり、その向こうに琵琶湖が広がっていた。

脇息をおいた上座に座ってしばらく待つと、紅の生絹の打掛けを羽織ったお市が入ってきた。

「本日はお越しいただき、かたじけのうございます」

奥ゆかしげに指をついて挨拶をする。細面で鼻筋の通った顔立ちは、昔と変わらぬ美しさだった。

「お市どの、お招きをいただきかたじけない」

家康はぎこちない。自分でもみっともないと思うものの、内心の緊張が表情まで強張らせていた。

「海道一の弓取りとの評判は聞き及んでおります。お喜び申し上げます」

「いや、何。それほどのことはござらぬ。庭の紫陽花も今が盛りでござるな」

「お好きでございますか」

お市が家康を真っ直ぐ見つめた。

黒い瞳が深く澄んで、引き込まれそうだった。

「淡く清楚な色合いに心惹かれます。結び文を拝見し、この花のことを思いました」

「でも、不吉な花と言われているのですよ。紫陽花は」

「そうでしょうか」

「紫陽花を愛(め)でた歌はほとんどありません。花ばかりが鮮やかで実を結ばないところが、忌み嫌われているようです」

古くは『万葉集』にこう歌われていると、お市は大伴家持(おおとものやかもち)の歌を口ずさんだ。

　　言問わぬ木すら紫陽花諸弟(もろと)らが
　　練りの村戸にあざむかえけり

「紫陽花はすぐに色を変えるので、心変わりの象徴ともとらえられていたようです」

「万葉集の中には愛でた歌もありますよ」

家康は負けじと橘諸兄(たちばなのもろえ)の歌を披露した。

　　紫陽花の八重咲く如く弥(や)つ代にを
　　いませわが背子見つつ思ばぬ

「この歌では八重の紫陽花が、いつまでも栄えるもののたとえにされています」

「亡(ほろ)ぶ者あれば栄える者もあるということですね。ところで今日は、わたくしを娶(めと)りに来て下されたと思っておりますが、よろしゅうございますか」

お市があいまいさを許さぬ口調でたずねた。

「結構です。そのつもりで長い階段を登って参りました」

「それなら娘たちに会っていただけますか」

「姫さま方に？」

「このご縁がまとまれば義父になっていただくのですから、娘たちにも承知してもらいたいのです」

「分かりました。どうぞ、そのように」

家康は声が裏返りそうになるのを抑え、何でも来いとばかりに脇息によりかかった。

お市が声をかけると、美しく着飾った娘たちが縁側を歩いてやって来た。

お茶々(ちゃちゃ)十四歳。お初(はつ)十三歳。お江(ごう)十歳。家康とは初対面だった。

お茶々は長政（ながまさ）に似た下ぶくれの顔をして気が強そうである。お初はお市に似た細面で、利発そうな黒い瞳をしている。

お江はまだ幼いせいか、こだわりのないぼんやりとした表情をしていた。

「娘たちでございます」

お市は家康に三人を引き合わせ、声をかけてやってくれと頼んだ。

「徳川三河守家康でござる。初めてお目にかかりますが、姫さま方のことは上様から聞いております」

そう言っただけでは足りないような気がして、家康は父上の長政どのにも会ったことがあると付け加えた。

あれは十二年前、岐阜（ぎふ）城を訪ねた時のことだ。

越前（えちぜん）の朝倉義景（あさくらよしかげ）を攻めるために上洛（じょうらく）する直前で、長政もお市とともに信長に挨拶に来ていた。

あの時、お茶々は二歳。お初はまだ腹の中にいて、この秋に生まれるとお市は誇らしげに語っていた。

ところがそれから二ヶ月後に長政は朝倉方と通じて反信長の兵を挙げ、四ヶ月後には姉川の戦いで干戈を交えることになったのだった。

「あなた方を呼んだのは、相談したいことがあるからです。母は父上がご自害なされてから九年間、どこにも嫁がずにあなたたちを育てて参りました。ですがこのたび、兄上の勧めもあって三河守さまと縁組みをしたいと思っています。それについてどう思うか、話して下さい」

お市はまるで生徒の前に立つ教師のように背筋を伸ばしていた。

お茶々が歯に衣着せずにたずねた。

「私たちが嫌だと言ったら、取りやめて下さるのですか」

「考えます。反対するなら里子に出すかもしれません」

お市の返答も激烈で、覚悟を迫るものだった。

「母上はそうなさりたいのですか」

「女の縁組みは戦と同じです。わたくしは兄上のために、そして自分のために、そうするつもりです」

「三河守さまはどうでしょう。母上を好いていて下されるのでしょうか」

お初が母と姉を対立させまいと、横から口をはさんだ。

この聡明な娘は、気が強すぎる二人の間でいつもこうした気遣いをしているようだった。

「姫さま方はご存じあるまいが、わしは六歳から二年間、織田家の人質となって熱田の屋敷にいた。その頃、お市どのにも何度かお目にかかったことがある。言わば幼馴染じゃ。のう、お市どの」

「覚えているのは二度だけでございます。わたくしはまだ三つの幼児でした」

「その頃、大人になったら一緒になろうと約束したことがある」

「本当でございますか、母上さま」

お初が目を輝かせてたずねた。

「わたくしは覚えておりません。まだ三つだったのですから」

「お初どの、本当じゃ。あれはままごとをしていた時のことであった。わしもお市どのも、戦国の荒波に隔てられて添うことはできなかったが、今はその波も静まり、こうして同じ岸に吹き寄せられておる。ようやくあの時の約束が果たせるようになったのじゃ」

「お江はどうです。賛成してくれますか」

お市が決まり悪そうに話題を変えた。

「浜松城から富士のお山は見えますか」

お江はそんなことが気になるらしい。

「見えまするぞ。晴れた日に、小さく」

「どれくらい？」

「そうでござるな。山の端から月が頭を出したくらいでござろうか」

しかし駿河もわが領国なので、近くで見たければいつでも案内する。家康は力を込めてそう言った。

「それなら賛成です、母上さま」

「お江は富士のお山が好きですか」

お市がたずねた。

「伯父上が素晴らしいとおおせでした。私も見てみたい」

「お茶々もお初も、反対ではありませんね」

「母上さまが、そうお決めになったのなら」

お茶々は長女らしい分別をして、お初とともに賛成に回った。

「ありがとう。わたくしがどうしてそう決めたか、やがてあなたたちにも分かるはずです」

三人を下がらせると、侍女たちが酒肴の膳を運んできた。

香の物と諸子の煮付け、それにみたらし団子という質素なものだった。

「毎日の接待で、ご馳走に飽きておられましょうから」

お市が身を寄せて酒をついだ。

伊吹山の伏流水で醸した北近江の酒は絶品である。さらりとしていながら、米の力を感じさせる深い味わいがあった。

家康はしばし心温もる酒の余韻にひたってから、みたらし団子をつまんだ。

米粉の練り具合といい葛餡の味わいといい、幼い頃に食べた熱田神宮のものと同じである。

人質になっていた家康のもとに、信長は時折これを手みやげに訪ねて来たものだ。

「竹千代、喰え」

信長が怒ったように包みを差し出す姿まで、脳裡をよぎったほどだった。

「懐かしい。上総介どのの味でござる」

あの頃の辛さや悲しさ、不安や怒り、そして今に見ていろと心中深く期していたことまで一度に思い出し、家康の胸は懐かしさで一杯になった。

「しかし、妙でござるな。たった今焼いたような温かさだが」

「熱田神宮の職人に来てもらいました。好物だと存じておりますので」

「それはかたじけない。うむ、この諸子も絶品でござる」

美味しさとは心が決める。一緒にいて酒も肴も旨いと感じるのは、お市との相性がいいからにちがいなかった。

お市がたずねた。

「ひとつお聞きしてもよろしいでしょうか」

「どうぞ。何なりと」

「三河守さまは、わたくしとの縁組みをどうしてご承知下されたのです。兄上の命令だからですか」

「上様は命令などしておられません。それをお望みだとは知っていますが」

家康はお市に盃を回し、手ずから酒をついだ。

「それならなぜです。幼い頃の約束をはたすためでしょうか」

「我ら二人はよく似ています。上様のお陰でひとかどの人間になり、上様のために連れ合いを失った。それゆえお互いに、一番分かり合えるのではないでしょうか」

「そうかもしれませんね。憎みながら魅せられる気持ちなど、普通の人には分からないでしょうから」

盃のやり取りをしながら時を過ごすうちに、障子戸が夕陽に照らされて朱色に染まった。

「ほら、ご覧下さい」

お市が両手で戸を開け放った。

夕陽が比叡山の彼方に沈み、空を赤く染め上げている。残照が琵琶湖を照らし、湖面が赤銅色に輝いていた。

「凄い。まるで夢の中にいるようだ」

家康はお市の横に立って外をながめた。

「どんな夢ですか」

「内容までは覚えていないのですが、時々茜に染まった夢を見ることがあります」

「わたくしには落城の色に見えます。火を放たれて炎上する城の中は、ちょうどこんな色に染まります」

お市は小谷城が落城した時、火炎地獄の中から脱出してきたのだった。

「それでは辛いでしょう。どうしてここにお住まいなのですか」

「辛くはありません。むしろ心がしんと静まります。自分はあの時死んだのだと思えるからかもしれません」

「死人の目でこの世を見ておられるということでしょうか」

「そうかもしれません。だからこの身に、命を注ぎ込んでいただきたいのです」

お市が小さくつぶやいて体を寄せた。

家康は軽く抱き寄せて唇を重ねた。

お市はそれに応じたが、どこかぎこちない。体は硬く肩口が小刻みに震えていた。

「閨に行きますか」

「はい。隣に用意してあります」

次の間には夜具が敷かれ、枕が二つ並べてあった。

家康は着物を脱ぎ下帯ひとつになって床に入った。お市は屏風の陰で仕度をし、緋色の襦袢一枚になってやって来た。

「ふつつか者ですが、よろしくお願いいたします」

きちんと指をついて挨拶をした。

「こちらこそ、よろしく」

家康はあわてて身を起こして挨拶を返した。

何やら初な若者のようである。それが妙におかしくて、二人で顔を見合わせて笑った。

家康はお市を抱き寄せ、襦袢を肩からはずした。

薄絹の衣が軽やかにすべり落ち、色白の肌と小ぶりの乳房があらわになった。

「お待ち下さい。髪を」

お市は豊かな黒髪をまとめ、枕元の乱れ箱におさめて横になった。

横になると頼りないほど小柄である。

家康は壊れ物でも扱うように抱き寄せ、形通りの営みを始めた。

相手が何を喜び何を嫌がるのか分からないので、戦場で物見でも出すように慎重に事を進めた。

男女の交わりは互いに歓び合って初めて幸せと感じられるものだ。

相手も自分を愛し、共に歓びの階段を登っていくからこそ、愛おしさや慈しみも増していく。

家康は人一倍そうした感覚を強く持っているが、お市の反応は鈍かった。

唇を合わせ舌をからめても、乳房や秘所を慈しんでも、かすかに吐息をもらすくらいである。

しかも体の芯が強張っていて、無理に相手をしてくれているようにしか思えない。

それでもここで撤退するわけにはいかないので、これまで学んできた技巧をつくし、吐息を歓びの声に変えようと努めた。

その甲斐あってお市の体の強張りは少しずつほぐれ、いい具合に潤いをおびていく。さて、そろそろひとつになろうかという段になって、家康は愕然とした。

何と股間の一物は力を失ったままである。いざ出陣の号令を下したのに、将兵が昼寝をしているようなものだ。

家康は焦った。

こんなことは初めてである。これでは面目が立たないし、お市にも気の毒である。

（お前、どうした）

我が身を叱咤してみるものの、焦れば焦るほど深みにはまっていくばかりだった。

「わたくしでは駄目ですか」

お市も家康の不如意に気付いたようだった。

「いや、そうではない」

「いいですよ。ご無理なさらなくても」

「心は求めているが、何かが愛欲に溺れることを禁じている。互いの胸の氷が解けるまで、もう少し温めあっていた方が良さそうだ」

家康はそう言って抱き寄せた。

お市の肌はきめが細かく、陶器のようにつるりとしている。肌を合わせても溶け合う感じにはならなかった。

「お優しいですね、三河守さまは」

「そうではない。ただ……」

「きっとわたくしの心がほぐれていないのを、気遣って下されたのでしょう」

お市は家康の胸に顔をうずめて身をゆだねた。そうしているうちに体の強張りが解け、いつしか軽い寝息をたてはじめた。

家康は弱い雛鳥を抱えている気がした。こんなにもか細い体で、戦の修羅場をくぐり抜けてきたのである。

その辛さ恐ろしさは男の比ではなかったはずだと思うと、心の底から愛おしさがこみ上げてきた。

翌日の正午、家康と重臣たちは安土（あづち）城本丸の高雲寺御殿で昼餉（ひるげ）の馳走にあずかることになった。

長谷川（はせがわ）秀一の案内で四半刻（約三十分）前に御殿に着くと、信長はすでに書院に来ていて、家康だけが対面を許された。

「竹千代、でかした」

信長は立ち上がって出迎え、家康の肩や二の腕をポンポンと叩いた。

「ようしてくれた。これで我らはまことの兄弟じゃ」

「いえ、なかなか」

うまく交われなかったと、家康には一抹の心残りがあったが、お市はかえってそのことに心を打たれたらしい。

「三河守さまほど心優しいお方はおられぬ。お市はそう言って余に礼を申した。二人の仲を取り持ってくれたことに感謝していると言ったのじゃ」

「こちらこそ、かたじけのうございます」

「礼を言うのは余の方じゃ。長政の阿呆が寝返って以来、お市は心を病んでおった。余に対しても頑なに心を閉ざし、口をきこうともしなかった。その心の殻を、そちが破ってくれた。のう竹千代、余がどれほど嬉しいか分かるか」

信長は涙を浮かべ、そのことに照れて笑い顔になった。

そうしてもう一度、家康の肩と二の腕を頼もしげに叩いた。

「今日は三日夜の祝いじゃ。余が給仕をつとめるゆえ、ゆるりと過ごしてくれ」

三日夜の祝いとは、平安時代の頃まで行われた婿取りの儀式である。当時は妻問婚で、男が女の家に通って初夜、二日夜を過ごし、三日夜になれば結婚が成立したと見なされる。

それを祝って女の家で三日夜の祝いを行い、三日夜餅を食べる。そうして自宅に帰る男に、女の着物（三日夜の衣）を持たせて婚約の証とする。

そして男は女の家に婿として入るのだから、信長が三日夜の祝いをするということとは、家康を織田家に婿として迎えると言っているようなものだ。

　これを知れば酒井忠次(さかいただつぐ)ら重臣たちは血相を変えて反対するだろうが、家康はそれでもいいと思っていた。

　信長と共に新しい天下を築くのだから、織田家康となり連枝(れんし)衆の筆頭になった方が何かと都合がいい。

　やがて導入する律令制では、領地領民は天下のものとなるのだから、家名にこだわる必要はなくなるはずだった。

　信長が三日夜の祝いと位置付けた酒宴は、正午から広間で始まった。

　家康を中心にして酒井忠次、鳥居元忠(とりいもとただ)、石川数正(いしかわかずまさ)、松平康忠(まつだいらやすただ)が上段の間につき、榊原康政(さかきばらやすまさ)、本多忠勝(ほんだただかつ)らが次の間に控えた。

　接待役には長谷川秀一、堀久太郎(ほりきゅうたろう)、菅屋(すがや)久右衛門らが命じられ、上段の間の給仕は信長が自らつとめた。

　烏帽子に濃紺の大紋(だいもん)という改まった装束で、酒肴を載せた御膳を五人分、上段の間に運び入れた。

　信長は舞の名手であり、茶道にも精通している。

所作のひとつひとつが洗練されていて美しい。しかも自ら膳を運ぶなど絶えてないことなので、忠次らは何が始まるのかと身を固くして成り行きを見守っていた。

「本日はようこそお越し下されました。粗飯ではございますが、ゆるりとお過ごし下されませ」

信長は金の長柄杓を取り、家康と重臣たちに酒をついだ。

これを三度くり返し、三日夜の契りの盃にしたのだが、それを知るのは家康と信長、そしてこの場にいないお市だけだった。

酒宴も半ばになった頃、信長は小ぶりの石臼を運び込み、焦がした麦を挽(ひ)いて麦こがしを作った。麦の粉に葛を混ぜ、濃茶(こいちゃ)のように湯でといたものである。

宴の終わりにはもぎたての瓜を運び、二つに割って水菓子とした。

麦も瓜も初物なので三日夜の祝いにふさわしい。麦は餅に通じるし、二つに割った瓜は瓜二つと言って夫婦和合の象徴である。

しかも最後に男女揃いの帷(かたびら)を引出物として五人に渡した。

〈御かたひら二つずつ下され候、一つは女房衆みやげとて、紅の生絹の由候〉

安土からの知らせを受けた松平家忠(いえただ)は、日記（『家忠日記』）にそう記している。

家康に渡された紅の生絹は、昨日お市が着ていたもので、まさに三日夜の衣である。

しかし家康にだけ渡しては物惜しみしているように取られかねないので、信長は重臣たちにも同じ品を贈ったのだった。


家康の一行が安土城を発って上洛したのは五月二十一日のことだ。

そして京都、大坂を見物して回り、五月二十九日に堺に着いた。

泉州堺は繁栄をきわめていた。

もともとは摂津と和泉の国境にある小さな漁港だったが、応仁の乱以後に日明貿易の拠点となり、貿易港として栄えるようになった。

やがて町のまわりに環濠と塀をめぐらし、守護大名の権力がおよばぬ自治都市となり、三十六人の会合衆が話し合いによって町を治めた。

ポルトガルとの南蛮貿易が始まると、生糸や漢方薬などの交易品、硝石や鉛などの軍事物資の輸入により、堺の経済規模は何倍にも拡大した。

時あたかも高度経済成長期である。

石見（いわみ）銀山の銀の輸出をきっかけとして、南蛮や琉球（りゅうきゅう）（明国）、朝鮮などから大量の商品が輸入されるようになり、日本の経済と流通はかつてないほど活発になり、商人や廻船業者は巨万の富を手にするようになった。

こうした中でのし上がったのが堺の会合衆である。

彼らはいち早く種子島（たねがしま）から鉄砲生産の技術を導入し、堺で生産を始めたほどだ。

永禄（えいろく）二年（一五五九）にこの地を訪ねたポルトガル人宣教師ガスパル・ヴィレラは、「堺には大商人がたくさんいて、ヴェニス市のように執政官によって治められている」と記している。

ところが堺の自治はそれから九年後に突然終わりを迎えた。

永禄十一年（一五六八）に足利義昭（あしかがよしあき）を奉じて上洛した織田信長が、褒賞として堺に代官をおく権利を与えられ、支配下に組み込んだからである。

その手始めに矢銭二万貫を出すように堺の会合衆に求めた。

矢銭とは軍用金のことで、銭二万貫は今日の十六億円ちかい。

会合衆はいったんこれを拒否するが、信長が一万以上もの軍勢で堺を包囲すると、やむなく支払いに応じた。

これ以後、信長は腹心の部下を堺の代官に任じ、会合衆の中の有力者である津田宗及、今井宗久、千利休などを手なずけることによって支配を強化していく。

その代官に天正三年（一五七五）から任じられているのが、信長に手腕を高く評価されている松井友閑だった。

天正十年五月二十九日に堺に着いた徳川家康の一行は、友閑の代官屋敷に逗留して接待を受けた。

そして六月二日の早朝、信長の将軍宣下の祝いに参列するために都に向かうことにしたのだった。

「上様にくれぐれもよろしくお伝え下され」

友閑が堺の北門まで見送りに出た。

宮内卿法印に任じられた五十がらみの能吏で、頭を僧形に美しく剃り上げていた。

「承知いたしました。丁重なおもてなしをいただき、かたじけのうござる」

「幸い空も晴れそうです。天も上様のご栄達を祝っているのでしょう」

「宮内卿は都には上られませぬか」

「そうしたいところですが、四国征伐軍の兵糧、弾薬の手配をしなければなりませぬ」

　織田信孝、津田信澄、丹羽長秀らがひきいる四国征伐軍三万は、住吉に集結して明日の渡海にそなえていた。

「そうじゃ。三河守どの、これを」

　友閑がふと思いついたように懐から手形を取り出した。

　額面は銀二十貫文（約三千二百万円）で、洛中の両替屋ならどこでも換金することができた。

「このようなものはいただけません。お礼をしなければならないのは当方でござる」

「旅先では何かと物入りでござろう。どうぞ、お近付きになった印に」

「お心ばかりをいただいておきます。幸い旅費は足りておりますので」

　家康は失礼にならないようにやんわりと断った。

　豪商との付き合いでは、これくらいの贈答は当たり前かもしれない。だが家康にとっては小さな額ではないし、銭を受け取ったという噂を立てられては迷惑である。

　それに本当に旅費は足りていた。

信長に献上した三千両のうち一千両（約八千万円）は、

「在京中の費えにせよ」

そう言って返してもらった。

信長は家康が無理をして三千両を工面したことを知っていて、そうした気遣いをしたのだった。

家康は本多忠勝ら十騎を先触れとして京都につかわし、紀州道を北に向かった。

安土から連れて来た家臣は八十人。そのうち半数は京都に残してきたので、主従はわずか四十人ばかりだった。

初めて訪ねた堺での見聞は、興味深いものばかりだった。

諸国から来航した商船が港にびっしりとつながれ、沖にはポルトガルの船が錨を下ろしていた。

インドのゴアから着いたばかりの貿易船で、船体を黒く塗り、甲板には三本の帆柱を高々と立てていた。

船はナウと呼ばれる新型船で、四百人が乗れるという。ポルトガルのリスボンからインドのゴアまでは七ヶ月。各地の港に寄港しながら航海する。

そこで偏西風が吹く季節を待ち、ゴアからはマラッカ、マカオを経て二ヶ月ほどで日本にやって来る。

その航海技術、造船技術もさることながら、家康は船側に八門ずつ搭載した大砲に目を引かれた。

開いた砲眼の奥には、口径五寸（約十五センチ）ばかりの大砲が並んでいるのが分かる。

「あれはどれくらい飛ぶものでござろうか」

家康は奉行所の役人にたずねた。

「しかとは分かりませぬが、水夫（かこ）たちは四半里（約一キロ）ほどだと申しておりました」

役人は自信なさそうに答えた。

武器の性能については外にもらさないのがポルトガル人の鉄則であり、堺の奉行所ではその脅威を意識しながらも、あえて問題にすることを避けている。

昨年の七月に信長とアレッサンドロ・ヴァリニャーノの交渉が決裂し、信長はイエズス会やスペインとの関係を断つことにしたが、ポルトガルとの貿易だけはつづけられていた。

それを断ち切れば、双方にとってあまりに痛手が大きく、少々の危険をおかしても継続したかったのである。

むろん信長もそれを知っている。

だから家康に堺を見物するように勧めたのだった。

「殿、堺での茶会はいかがでございましたか」

横で馬を進める松平康忠が、意を決したようにたずねた。

「いずれも見事な道具ばかりであった。茶室の構えも点前(てまえ)の所作も、さすがに研ぎ澄まされておる」

家康は昨日の朝に今井宗久、昼に津田宗及、夜に松井友閑の茶会に招かれ、穴山(あなやま)梅雪(ばいせつ)とともに列席した。

三人とも茶道の名人であり、素晴らしい茶会だったが、家康はいまひとつ寛(くつろ)げなかった。

天下の名品がさりげなく使われているが、いずれも万金を投じて贖(あがな)ったものだ。

家康には決して手が出せない高価なものばかりなので、何となく銭で横面を張られた気がしたのである。

「紹鷗茄子はご覧になられましたか」

「宗久どのの茶会で見た。いったん上様に献上し、返されたものだそうだ」

「姿はいかがでございましたか」

茶道に傾倒している康忠は、それが聞きたくてうずうずしている。

「小ぶりの柿ほどの大きさで、地肌は信楽焼によく似た色合いであった。元の名を澪つくしと言うそうだが、これは正面に三筋の釉薬がかかっているのを、水路が三本合流したと見立てたものであろう」

家康は茶会で聞いた話をなるべく詳しく康忠に伝えてやった。

「上様が堺を攻められた時、宗久どのがこの茶入れを献上して許しを得られたそうでございまするな」

「さあ、それは知らぬが」

「奉行所の方がそうおおせでした。堺を救った茶入れゆえ値段がつけられない。『値抜けの茄子』と呼ばれているそうでございます」

「上様は名物茶器ひとつで敵の降伏を許されたことが何度かある。そうしたことがあったとしても不思議ではあるまい」

「殿、ひとつお願いがございます」

「紹鷗茄子なら買えぬぞ」

家康は冗談まじりに決めつけた。

「それは承知しております。今度のご上洛のけりがついたなら、いえ、やがて天下が治まったなら、しばらく堺で茶の修行をさせていただきたいのでございます」

「良かろう。だがその前に京の大徳寺に参禅し、印可（悟りの証明）を受けよ」

「禅でございますか」

「茶の道は禅から始まっておる。茶禅一如じゃ。その境地に達した者だけが、道具にとらわれることなく真の値打ちが分かる。値抜けなどと言われて恐れ入るようでは、まだまだ先は長い」

家康が妙に苛立っているのは、堺の豪商たちの拝金主義になじめなかったからだ。

確かに彼らの銭儲けの才覚は抜きん出ているし、銭がなければ何もできないのも事実である。だが銭は手段であって目的ではない。

そのこともわきまえずに道具自慢をするような風潮は嘆かわしい。

友閑が差し出した手形を家康が意地でも受け取らなかったのは、質素倹約を旨とする三河者らしい反発心があったからだった。

堺から平野、八尾を通り、飯盛山城の城下にさしかかった。

ここは三好長慶が晩年の拠点としたところで、今は信長の命令によって廃城になっていた。

四條畷を過ぎた時、前方から漆黒の馬をもみにもみ、砂煙を上げて疾走して来る者があった。

先触れを命じた本多忠勝だった。

忠勝は家康の一行に気付くと、手綱を引いて馬を止めようとした。

ところが全力で駆けてきた馬は足を踏ん張る力をなくし、そのまま走り過ぎていこうとする。

「おのれ、止まらぬか」

忠勝が力任せに手綱を引くと、馬は悲鳴のようないななきを上げて竿立ちになり、そのままどさりと横倒しになった。

忠勝はその寸前に鞍から飛び下り、家康の前に平伏して荒い息をついた。

「平八郎、愛馬を乗り潰すつもりか」

家康は叱りつけたが、忠勝の耳には届かなかった。

「申し上げます。今日の明け方、上様が惟任日向守の軍勢に襲われ、ご生害なされました」

一気に告げると、再び肩で息をついた。

「な、なんだと」

「上様が惟任光秀の軍勢に襲われ……」

「なぜじゃ。なぜ日向守どのが」

上様を襲ったのかと、家康は忠勝の胸倉をつかんで問い詰めた。

「分かりませぬ。先触れのために都に向かっておりましたところ、枚方にて茶屋四郎次郎どのに行き合いました」

「茶屋がどうした」

「殿に変事を伝えようと、堺に向かっておられたのでござる。しかし馬の足が遅いゆえ」

先に行って報せてくれと、忠勝に頼んだ。だから詳しいことは分からないという。

「信じられぬ。それは真実か」

「四郎次郎どのの店は本能寺の近くにあります。寺が軍勢に囲まれて炎上しているのを、ご覧になったそうでござる」

「軍勢は、いかほどじゃ」

「およそ一万ばかり」

「一万……、一万か」

家康は頭が真っ白になり、内臓がずり落ちそうな虚脱感に襲われた。

光秀は織田家中でも一、二を争う戦上手である。

その彼が一万もの軍勢を動かして本能寺を襲ったとすれば、わずかな手勢しか連れていない信長に抗する術はないはずだった。

「茶屋もこちらに向かっておるか」

「もうじき着かれると存じます」

ともかくそれを待って、詳しいことを聞くしかない。しかし、このことは供の者にも知られる訳にはいかなかった。

人を遠ざけよと命じようとしたが、その必要はなかった。

本多忠勝の一言を聞いた鳥居元忠は、家康と供の者たちの間に馬を乗り入れ、話が外にもれないようにしていた。

家康は忠勝と元忠、松平康忠、石川数正、榊原康政、それに案内役の長谷川秀一をまわりに集め、状況を共有して今後の対応に備えることにした。

こんな時に一番頼りになるのは酒井忠次だが、洛中の宿所に残して将軍宣下の祝いの手配に当たらせていた。

やがて茶屋四郎次郎清延が、忠勝と同行していた九騎に守られてやって来た。

洛中で呉服商をいとなんでいるが、父親は信濃守護小笠原長時に仕えた武士である。家康より三つ下の働き盛りで、武術や乗馬の心得もあった。

「話は平八郎から聞いた。まずは腰を落ち着けて、喉をうるおしてくれ」

家康は四郎次郎を床几に座らせ、竹筒の水を勧めた。

待っている間に心がしんと澄み、この状況をどう切り抜けるかに意識を集中している。それは数々の修羅場をくぐり抜けてきた経験のなせる術だった。

「本能寺は明智勢に取り巻かれ、蟻のはい出る隙とてございませんでした」

四郎次郎が悄然と肩を落とした。

「生きては出られぬということか」

「お付きの侍女や僧たちは通したようですが、お侍衆は一人も」

「信忠どのはどうなされた。妙覚寺におられたはずだが」

「そちらも明智勢に攻められたようですが、確かなことは分かりません」

「忠次らはどうした」

「それも分かりません。ぐずぐずしていては京の七口が封じられますゆえ、その前に三河守さまにお知らせしなければと、一人で飛び出して参りました」

「かたじけない。この恩は生涯忘れぬ」

家康は四郎次郎の手を取り肩を叩いた。

明智光秀がなぜこのような謀叛を企てたのか。その詳細は分からない。

ただ一万余の軍勢を動かして京都を制圧したのなら、光秀の与力である細川幽斎、忠興父子、中川清秀や高山右近、筒井順慶なども同心していると考えなければならなかった。

家康は近くの寺の境内を借り、重臣たちと床几を並べて今後の対応を話し合った。

「ともかく一刻も早く、三河に帰るべきと存ずる」

石川数正が口火を切った。

「もっともなご意見でござるが、どの道を通られるつもりかな」

元忠がたずねた。

「ここからだと宇治川をさかのぼって近江を抜けるか、伊賀越えの道を通って伊勢に抜けるしかあるまい」

「その道を無事に通れるという保証はござらぬ。伊賀の入口の大和は、筒井順慶どのの所領でござる。南近江では六角承禎どのに心を寄せる者が大勢おりまする」

順慶は光秀の与力。承禎は信長のために観音寺城を追われたのだから、この機会に旧領回復に立ち上がるだろう。

しかも家康が堺にいることは多くの者が知っているので、首を取って手柄にしようと襲いかかってくる恐れがあった。

「それなら元忠、そなたはどうするべきだと言うのじゃ」

数正は反駁された不快を隠そうともしなかった。

「このまま住吉に向かい、四国征伐軍と合流するべきと存じまする」

住吉には三万の軍勢と信長の三男信孝がいる。

信孝を奉じて弔い合戦の旗を挙げれば、光秀を討ち取るのはたやすいと、元忠はいつものように強気だった。

「馬鹿な。我らはたった四十人ばかり。しかも丸腰同然じゃ。他家の陣所に行っても、何しに来たと笑われるばかりであろう」

「いや、長谷川どのがおられますぞ」

康忠も元忠の後押しをした。

長谷川秀一に案内してもらえば参陣の名目は立つ。それに家康が参陣すれば徳川勢の来援を見込めるのだから、信孝も歓迎するはずだというのである。

重臣たちのやり取りを聞きながら、家康は光秀の計略の全貌をさぐり当てようとめまぐるしく考えを巡らしていた。

これは光秀が単独で起こした謀叛か、それとも与同の勢力があるのか。あるとすればそれは誰で、信長を討った後にどんな天下を築こうとしているのか。

その答えを得る手がかりはわずかしかない。

光秀が鞆の浦の足利義昭と連絡をとっていたという知らせと、安土城で会った時の光秀の切羽詰まった表情である。

「接待役としてではなく、同僚として話をさせていただきとうござる。お知恵を拝借したいこともありますので」

光秀は家康にそう言ったのだった。

「殿は、いかがでござる」

元忠から鋭く迫られ、家康ははっと物思いからさめた。

「いかがとは、何じゃ」

「伊賀から伊勢に抜けて三河にもどるか、長谷川どのの案内で惟住どのの陣に加わるべきか、どちらを選ばれるかお聞かせいただきたい」

「それを決めるには、判断材料が少なすぎる。それゆえどちらを選ぼうと、暗闇で馬を走らせるようなことになる」

それなら近くて平坦な方に向かうべきだと家康は言った。

「住吉へ向かうということでござるか」

それは愚の骨頂だと言いたげに、数正が横から口を出した。

「住吉まではここから六里（約二十四キロ）ばかりじゃ。今から走れば明るいうちに着くことができる」

「しかし、住吉に集まった者の中にも、日向守に通じている者がいるかもしれませぬぞ」

「数正、信孝さまや惟住どのに限ってそうした懸念は無用じゃ。それに時を移せば、日向守に都や畿内を押さえられて反撃ができなくなろう」

その前に住吉の軍勢三万で決戦を挑めば、勝算は充分にある。

たとえ勝てなくても、対陣をつづけている間に伊勢の織田信雄（のぶかつ）、美濃（みの）や尾張（おわり）で留守を守る織田信忠の家臣たちが駆け付け、戦況は圧倒的に有利になるはずだった。

「その間に武田（たけだ）の残党や今川（いまがわ）家ゆかりの者たちが蜂起し、駿河や遠江（とおとうみ）を奪い取ろうとするかもしれませぬ。殿がおられなければ、それを防ぐことはできますまい」

「駿河は取られるかもしれぬが、三河と遠江は持ちこたえられよう。それに三ヶ国を守りきれたとしても、日向守の天下になったなら徳川家が栄える望みはあるまい。上様の同盟者として二十年も行動を共にしてきたのだからな」

「恐れながら、日向守の天下とはいかようなものでございましょうか」

「そちはどう思う。当家屈指の切れ者の意見を聞かせてくれ」

家康に正面から迫られ、数正は顔を強張らせて返答に詰まった。

「皆はどうじゃ。考えがあるなら聞かせてくれ」

「恐れながら、日向守一人ではとても天下を保つことはできますまい」

長谷川秀一は信長の側近をつとめてきただけに、天下の情勢がよく分かっていた。

光秀に与力としてつけられている細川幽斎や筒井順慶ら全員が身方したとしても、せいぜい三、四万の軍勢にしかならない。

ところが織田勢は住吉に三万、伊勢、伊賀を治める信雄が二万、美濃、尾張がおよそ三万、北陸方面軍の柴田勝家(しばたかついえ)が三万、西国で毛利(もうり)と対陣中の羽柴秀吉(はしばひでよし)が三万。

そして家康の軍勢三万。

合わせて十七万もの軍勢がいっせいに都に攻め上ってきたなら、明智勢に防ぐ手立てはない。

しかも主(あるじ)殺しの謀叛人には、天下に号令する大義名分がないのである。

「日向守はそのことを誰よりも良く知っております。そんな無謀な企てをするとは思えませせぬ」

「長谷川どののおおせの通りじゃ。大義名分が立ち、軍勢の来援も見込める手立てをしていなければ、こんな大それたことはできるものではない」

「それは足利義昭公でございますか」

康忠がたずねた。

光秀が将軍の命令で信長を討ったのなら大義名分が立つし、毛利輝元や上杉景勝、北条氏政らの支援も見込めるのだった。

「わしはそう思う。そして足利幕府が再興されたなら、上様がきずこうとなされた新しい天下は、すべて否定されることになる。そうなった時、この日の本に我らが生きる場所はあるまい」

「殿、そういえば日向守はお知恵を拝借したいことがあると言っておりましたが、もしやあれは……」

今度の謀叛のことではなかったろうかと、康忠が声をひそめた。

「幕府を再興するので協力してほしいということだったかもしれぬ。しかしそれを聞く機会はなかった。わしらは日向守の計略をつぶし、上様の志を引き継ぐのみじゃ」

そのためには住吉の四国征伐軍に合流し、光秀を一戦にて打ち破らねばならぬ。

家康はそう決意し、三河には急使を送って軍勢を呼び寄せることにしたのだった。

「三河守どの、このことを穴山梅雪どのに告げておくべきと存じまするが」

秀一は接待役としての務めをまっとうしようとした。

「それは状況がはっきりと分かってからの方が良かろうと存ずる。住吉に着くまでは、行軍の規律が乱れることは避けなければなりませぬ」

家康が重臣にしかこのことを告げないのはそのためである。

それに穴山梅雪は武田家の血を引く源氏の名門なので、光秀が足利幕府を再興しようとしているなら、そちらに寝返るおそれもあった。

いざ住吉へ。

そう一決して出発しようとした時、赤い撓(しない)（旗指物）を背負った使い番が境内に走り込んできた。

「申し上げます」

片膝をついた使い番は、何と音阿弥(おとあみ)である。しかも筒井家の梅鉢紋を描いた胴丸をつけていた。

「成りすますものだな。いろいろと」

「京の七口が明智勢に封じられましたので」

　身方を装って通り抜けてきたという。

「して、洛中の様子は」

「信忠さまが二条御所で果てられました。明智勢は御所の隣の近衛前久公の屋敷に入り、塀の上から銃撃したそうでございます」

「御所には誠仁親王ご一家がおられたはずだが」

「信忠さまは妙覚寺を宿所にしておられました。本能寺が襲われたと知ると、親王を人質に取って御所に立て籠もろうとなされましたが、村井貞勝さまの説得を容れて親王を外に出されたのでございます」

「その後、村井どのはどうなされた。親王とともに内裏に移られたか」

「いいえ。信忠さまとともに戦い、討死なされたそうでございます」

「さようか。お痛わしいことじゃ」

「それから洛中には、津田信澄どのが三万の軍勢をひきいて馳せ参じるという噂が流れております」

「津田どのが……。明智と通じていると申すか」

家康は愕然とした。

信澄は信長の甥に当たるが、光秀の娘婿なので考えられないことではなかった。

「噂ゆえ真偽のほどは分かりませぬ。しかし明智の将兵もそれを当てにして、のんびりと構えているようでございます」

もし津田信澄の謀叛が事実なら、住吉に向かうわけにはいかない。ならばどうすると、家康は重臣たちの顔を見回した。

「やはり伊賀から伊勢に抜けるしか活路はござるまい」

数正はそらみたことかと言いたげだった。

「問題はどこを通るかでござる。大和の道は筒井勢が押さえておりましょう」

元忠も仕方なく同意した。

「恐れながら宇治田原の山口城には、山口藤左衛門光広がおりまする」

この者は信頼できるので頼ったらどうか。秀一がそう申し出た。

「光広の父は多羅尾道賀光俊といい、甲賀衆の頭目でございます。彼らの所領である信楽からは、桜峠をこえて伊賀に抜ける道がございます」

「ならばそちが、山口城への先触れをせよ」

家康は音阿弥に命じ、山口光広あての書状と秀一の添状を託した。

かくして家康は伊賀越えの道をたどることになったが、後に津田七兵衛信澄が光秀に同心していたというのは虚報だったと明らかになる。

しかし本能寺の変が勃発した当初、そうした噂が洛中に流れていたことはまぎれもない事実で、『家忠日記』の六月三日の条に、

〈京都にて上様ニ明知日向守、小田（織田）七兵衛別心にて、御生かい（生害）候由、大野より申来候〉

そう記されている。

この虚報はおそらく明智方が、住吉の四国征伐軍の上洛を阻止するために意図的に流したものと思われる。

狙いは的中し、家康に住吉行きを思い留（とど）まらせたばかりか、六月五日には信孝と丹羽長秀が信澄を討ち果たすという分裂騒動を起こしたのだった。

第四章

伊賀越え

家康の一行は宇治に向かって歩を速め、正午頃に木津川の西岸の草内に着いた。

ここで先触れに出していた音阿弥と行き合い、宇治田原の山口光広からの返書を受け取った。

「書状をいただき恐悦いたしました。甲賀衆の総力をあげて供奉つかまつります」

そう記されていた。

「山口どのは迎えの人数を出すとおおせでございます。あと半刻（約一時間）もすれば、到着するものと思います」

甲賀出身の山口光広は、家康配下の伴与七郎資定とも顔見知りで、前々から近付きになりたいと願っていたという。

しかし、こうした状況で相手の城に入るのは、いかにも不用心だった。

「三河守どの、それがしが一足先に山口城に行って、様子を確かめて参りましょう」

長谷川秀一が申し出た。

「分かった。それでは我らは日暮れまでに城に着くゆえ、ひとまず城下の寺で山口どのと会うことにしよう」

その段取りをしておいてくれと頼んだ。

秀一主従の出発を見送った後、音阿弥を間近に呼んだ。

「これから都にもどれるか」

「何とか七口を抜けられるよう手を尽くします」

「ならばただちに取って返し、わしが宇治田原にいることを酒井忠次に伝えてくれ。それから大津にいる半蔵のもとへ走り、一刻も早く合流するように伝えよ」

服部半蔵は父の代に三河に移り住んだが、伊賀の地侍で彼の名前を知らない者はいない。これから伊賀越えにかかる上で、半蔵ほど頼りになる者はいなかった。

「三河守さま、これをそちらのお方に」

事情を察した茶屋四郎次郎が、茶屋の印が入った羽織を音阿弥に渡すように申し出た。

「都では少しは名前を知られておりますよって、何かの役に立つかもしれません」

「かたじけない。頂戴いたします」

音阿弥は羽織を小さく折って腰に巻き、使い番の姿のままで都に向かった。

「殿、穴山どのがお目にかかりたいとおおせでござる」

石川数正は武田信玄との交渉役をつとめていた頃から梅雪とは顔見知りで、取り次ぎを頼まれたのだった。

「そうか。ならばあの神社の境内を借りよう」

家康は石造りの鳥居がそびえる咋岡神社に足を踏み入れた。

「三河守どの、四條畷を過ぎた頃からどうも様子がおかしいが、何かあったのでござろうか」

梅雪は主従十人で一行の最後尾についていたが、家康のまわりであわただしい動きがあることに不審を持ったようだった。

「まあ、お座り下され」

家康は床几を出して梅雪を座らせた。

梅雪は道服を着て宗匠頭巾をかぶり、茶人のような装いをしていた。

「実は四條畷を過ぎた時、都から急報がとどきました」

家康は目の底に決意を込めて打ち明けた。

「な、何でござろうか」

「本日未明、上様が明智日向守の謀叛に遭い、本能寺でご生害なされ申した」

「上様が、ご生害とは……」

「討死なされた、ということでござる」

「ま、真実でござるか」

「それゆえこの先どうすべきか、我らも迷っていたのでござる」

「上様が、討死」

梅雪はようやくそれが事実だと腑に落ちたようで、呆然とした表情の底から、勝ち誇りでもするような生気が少しずつ立ち昇ってきた。

その生気は、やがて歓びから嘲笑へと変わっていく。

憎形の顔を内側からむしばむように笑いのさざ波を立てたが、梅雪はそれを悟られまいと懸命に厳粛な表情を装っているのだった。

「梅雪どの、ここには内々の者しかおりませぬ。遠慮は無用でござる」

笑いたければ笑え。喜びたければ喜べ。家康はそう言いたかった。

「とんでもない。決してそのような」

梅雪はあわてて打ち消そうとしたが、そのそばから笑いのさざ波は口元からたるんだ頰へと広がっていく。

信長をいかに恐れ憎み、従うことに屈辱を感じていたか、その反応が如実に表していた。

「ちがいまする。これは、決して、上様のご生害を喜んでいるわけではございませぬ。ただ、御仏の、御仏の計らいは然りであったかと、我が身の愚かさがおかしいばかりでござる」

「我が身の愚かさ、でござるか」

「それがしは三河守どのの誘いに応じ、武田を裏切り申した。そのために勝頼公をはじめ、多くの身内を悲惨な死に追いやってしもうた。それもこれも、上様の鬼神の如きご威勢を恐れてのことでござる。上様に従うしか生きる道はないと思ったからでござる。その上様が、明智日向守の謀叛によって、かくも呆っ気なく、ヘッヘ、討ち取られようとは、ハッハ、人の世とは何とも定めなきものでござるな」

梅雪は自制の糸が切れたように腹をかかえて笑い出した。

哄笑するまいと歯を喰い縛りながら、うずくまって体を震わせている。しかも細めた目からは大粒の涙をこぼしていた。

家康は冷ややかな目を向けながらも、梅雪の気持ちが分からぬでもないと思っていた。

信長はあまりにも厳粛で強圧的で巨大な存在だった。だから頭ごなしに押さえつけられる反感と屈辱を、誰もが一度ならず覚えたはずである。

その信長が死んだと聞いて、頭上をおおっていたぶ厚い雲が晴れたような解放感を、家康も心のどこかで感じていた。

「それで梅雪どの、この先はいかがなされる」

「いかがと申されると」

梅雪は憑き物が落ちたように立ち上がり、袖で涙をぬぐった。

「我らは宇治田原の山口どのを頼るつもりでござる。ご同行なされるか」

「その先は、どうなされますか」

「状況を見て決めるつもりでござる。今のところ、誰が身方かも分かり申さぬ」

家康は用心深く先の予定を明かさなかった。

「ならば我らも存じ寄りの者を頼り、甲斐に帰る手立てを講じることにいたします
る」

「存じ寄りとは」

「確か宇治の近くに三条家ゆかりの寺があったはずでござる。のう」

梅雪は近習の者に同意を求めた。

信玄の妻は三条家の出身で、梅雪の妻はその娘に当たる。前々から三条家との贈答もしているので、こうした場合には庇護してもらえるのだった。

「しかし梅雪どの、行く先々に落武者狩りの野伏もおりましょう。主従十人では心許ないのではございませぬか」

「ご懸念は無用でござる。こんな姿をしておれば、堺の茶人の一行と思われましょう」

梅雪は妙に晴れやかな顔をして、そのまま木津川ぞいを北に向かっていった。

「殿、よろしいのでござるか」

数正が追手をさし向けるべきだと進言した。

「それには及ばぬ。わずか十人では何もできまい」

「しかし、あのまま明智方に寝返るおそれがございますぞ」

「それも運だ。天道にかなっていれば生き、そうでなければ道は閉ざされよう」

一行は木津川を渡り、信楽街道を東に向かった。

この道は京、大坂から伊勢(いせ)に通じていて、お伊勢参りの参拝客が往来していた。良材が多く林業がさかんで、京、大坂への建築資材の供給地になってきた反面、乱伐によって山が荒れ、土砂崩れなどによって川が埋まり、氾濫にみまわれることも多かった。

この地を古くから治めてきたのは、甲賀郡信楽荘多羅尾(たらお)に拠点をおく多羅尾氏で、その歴史は鎌倉時代末期までさかのぼる。

信楽荘はもともと近衛(このえ)家の荘園だったが、近衛経平(つねひら)と多羅尾の地侍の娘との間に生まれた男子が土着し、多羅尾の地名を姓とするようになった。

多羅尾氏はやがて甲賀郡、綴喜(つづき)郡に勢力を広め、近衛家の血筋であることと相まって、地域の盟主と仰がれるようになる。

そして甲賀忍者たちを支配下に治め、伊賀忍者と並ぶ隠然たる勢力をきずいてきた。

甲賀と伊賀の最大のちがいは、甲賀が多羅尾家によって一元的に統治されていたのに対し、伊賀は土豪たちが並び立って惣国一揆を結んでいたことだ。

このために甲賀は近江(おうみ)の南半国を治めた六角承禎(ろっかくしょうてい)に臣従する道を選んだが、伊賀は独立自尊の気風が強く、大名に従うことを拒みつづけた。

信長が畿内を支配するようになると、多羅尾氏は家康の仲介によって信長に従ったが、伊賀は抵抗をつづけた末に天正九年（一五八一）九月の天正伊賀の乱で壊滅的な打撃を受けた。

この時多羅尾家当主の道賀光俊も、織田勢の案内役として甲賀口から伊賀に攻め込み、その働きを賞されて褒美を得た。

家康が頼ろうとしている宇治田原の山口藤左衛門光広はこの光俊の五男で、山口長政の婿養子となって山口家を継いだのだった。

光広の居城である山口城は、信楽街道と宇治へ向かう往還を扼する小高い丘に建てられている。

城の北側には犬打川が流れ、天然の外堀となっていた。

光広は長谷川秀一と連れ立ち、城下のはずれまで出て一行を出迎えた。二十歳になるおとなしげな青年だった。

「こちらが藤左衛門どのでございます。園城寺勧学院で学問に励んでおられましたが、上様に才を見出されて還俗し、山口家を継がれました」

秀一が家康に引き合わせた。

「お目にかかれて光栄です。ご高名は父からも伴与七郎からもうかがっております」

「ほう、与七郎とはどのような」

「伴家は多羅尾家の家来筋でございます。それがしも幼い頃に与七郎から武芸の手ほどきを受けたことがあります」

「さようか。よろしくお願い申す」

家康は光広の手を盗み見た。体はすらりとやせてやさしげだが、手の甲は厚く指は節くれ立っていた。

一行は山口城に入り、ようやくひと息つくことができた。

本能寺での悲報を聞いて以来、天地に身の置き所がない思いをしていただけに、草鞋(わらじ)をぬぎ、畳の上で手足を伸ばせるだけで生き返った心地がした。

「殿、四方に使いを走らせて道中の様子を確かめておく必要がありまするが」

我らは目立ち過ぎるゆえ、山口どのの手の者を借りるしかないと、数正はいち早く先の手立てを考えていた。

「さようでござる。甲賀者なら土地にも詳しく怪しまれることもござるまい」

元忠はいつの間にかあたりの絵図を手に入れていた。

山口城から信楽街道を東に向かえば、およそ六里（約二十四キロ）で小川村に着く。ここで道は三つに分かれていた。

ひとつは桜峠をこえて伊賀国に入り、丸柱、石川、柘植をへて伊勢に入る道で、距離的には一番近い。

ひとつは小川村から南の多羅尾に向かい、御斎峠をこえて丸柱に出る道。

そしてもうひとつは、信楽街道をそのまま進み、信楽から油日へと南近江路をたどり、柘植に入る道である。

「この道は桜峠越えの二倍ほどの距離がありますが、伊賀を通る危険をさけることができまする」

家康は服部半蔵を通じて伊賀とは良好な関係を保ってきたが、昨年九月に信長が五万の軍勢を動かして伊賀攻めを強行し、老若男女の別なくなで斬りにした。

伊賀惣国一揆の残党たちはこのことを深く恨み、信長の盟友であった家康に復讐の刃を向けてくるおそれがあった。

家康は我知らず親指の爪を噛み始めている。窮地におちいったり思案にあまった時の悪い癖だった。

「殿、お茶でもいかがでございますか」

康忠(やすただ)がそれとなく注意した。

「ともかく物見を出して様子をさぐり、どの道をたどるべきか決めねばなりませぬ」

数正が身を乗り出して決断を迫った。

その時、茶屋四郎次郎が敷居の外から遠慮がちに声をかけた。

「申し上げます。実は路銀の足しにしていただこうと、都から金を持参いたしました。どうぞ、お役立て下さいませ」

革袋に入れた五両判金、百枚を差し出した。鋳造されたばかりの金貨は、袋の中でもまばゆい輝きを放っていた。

「よいのか。このような大金を」

「お家の存亡の時でございます。お役立ていただければ商人冥利につきまする」

「かたじけない。ならば山口どのを呼べ」

　秀一と連れ立ってやって来た山口光広に、家康は甲賀の手練れをできるだけ多く雇いたいと申し入れた。

「とんでもない。そのようなことをなさらずとも、当家の者は三河守どののために働きまする」

「山口家ばかりではない。ご実家の多羅尾家にも頼んでいただきたいのでござる」

　これが前金だと、五百両（約四千万円）が入った革袋を差し出した。

　忍者を雇う時は前金として半額、役目を終えた後に半額を支払うのが慣例だった。

「承知いたしました。これなら二百人は雇えましょう」

　さっそく手配すると、光広はためらうことなく受け取った。

「明日の夜までに、どの道をたどるのが一番安全かを調べてもらいたい。道が決まったなら、要所に人を配して警固に当たること」

「お任せ下され」

「それから住吉の四国征伐軍と、筒井、細川、中川、高山ら、明智の与力の陣中の様子もさぐってもらいたい。それにご実家は近衛家の門流だとうかがったが」

「さよう。多羅尾家初代の師俊は、左大臣近衛経平公の落胤でございます。以来近衛家をご本家とあがめております」

「ならばわしの書状を近衛前久公にとどけてもらいたい。ついでに近衛邸の様子もさぐってきてもらおう」

考えられるだけの指示をすると、家康は近衛前久への書状をしたためることにした。

明智光秀が将軍義昭と結託して謀叛を起こしたのなら、都にあって光秀を説得したのは前久にちがいない。

なぜなら前久と義昭は従兄弟という近しい関係にある上に、信長を倒して室町幕府を再興したなら、太政大臣と将軍として天下に号令できるからである。

しかも安土城の黒鉄門で会った時、前久は家康にこう耳打ちした。

「六月一日の夕方には、公家衆が全員総出で本能寺にお礼に出向くことになっとる。そやさかい、呼ばれても遠慮しときなはれ。二日の宣下の式に出たらええんや」

あれは一日の深夜か二日の未明に、本能寺で変事が起こることを知っていたからではないか。

将軍宣下を餌にして信長をおびき出し、公家衆をお礼に出向かせることで、信長を本能寺に釘付けにしておく。そうして防御の態勢を取れないようにして光秀に討たせる。

前久がそんな計略を立てた可能性は大きい。

近衛邸に明智勢を引き入れて二条御所を銃撃させたのも、あらかじめ仕組んでいたとしか思えない。

だとすれば光秀が相談があると言ったのも、前久が「困った時には、力になってもらうことがあるかもしれん」と言ったのも、事が成った暁には協力してくれるように、根回しをしようとしたのかもしれなかった。

もしそれが事実で、室町幕府が再興されたなら、家康はどう対処すればいいのだろう。いち早く幕府に従い、駿河、遠江、三河の守護に任じてもらうか。それとも織田信雄や信孝と協力して弔い合戦に踏み切るか。

どちらを取るかによって、前久に送る書状の内容も変わるのだった。

家康はふと桶狭間の戦いで今川義元が討たれた時のことを思い出した。

大高城で急報を受けた家康は、千五百ばかりの手勢をひきいて岡崎城に向かったが、城に着く頃には多くの将兵が離反した。

そして城にも入れずに大樹寺に向かったが、酒井忠次も石川数正も列から離れ、寺に着いた時には従者はわずか二十八人になっていた。

状況はあの時とよく似ている。三方ヶ原で負けた時も命からがら逃げ帰ったし、よほど因果な生まれ付きのようだった。

「馬鹿者が」

突然、割れ鐘のような声が脳裡に響いた。

懐かしい登誉上人の声だった。

「そちは三州一、いや、日本一の臆病者じゃ。正しいことを望んでいながら、なぜそれを成し遂げようとせぬ」

大樹寺の先祖の墓の前で腹を切ろうとした時、上人はそう言って叱りつけた。

この世を穢土と観じて、少しでも浄土に近付ける努力はできる。ここで死んだと胆をすえて、一歩でも半歩でも理想に近付く努力をしたらどうだ、とも言ってくれた。

その言葉で、家康は生き返った。以来「厭離穢土、欣求浄土」の旗をかかげ、この世を浄土に変えるための戦いをつづけてきた。

そしてたどり着いたのが、信長とともに律令制を復活して争いのない世をきずくことである。

信長は生涯を賭けてその道を追い求め、新たな天下をきずく寸前に、朝廷や幕府を守ろうとする者たちによって葬られた。

しかし、だからといって信長の理想を捨てるわけにはいかない。家康には欣求浄土の旗をかかげ、一歩でも半歩でも先に進む以外に生きる道はないのである。

そう胆をすえれば迷うことは何もない。信長の志を受け継ぐ道を進むのみで、前久らに与(くみ)することは絶対にできなかった。

ならば前久への書状はどう書くべきか。家康は少しためらってから、一気に筆を走らせた。

「態(わざ)と一筆したため申し候。計略成就、大慶の至りと存じ候。人手なくば何時たりとも御用承り申し候」

こう書けば前久は、家康が自分の誘いに乗ってきたと思うだろう。そうして油断させて時を稼ぎ、本国にもどって軍勢をととのえ、織田信雄や信孝を奉じて都に攻め上る。

策略によって討たれた信長の仇(かたき)は、策略によって返してやろうと意を決していた。

翌朝、家康は胸騒ぎを覚えて目を覚ました。

不吉な夢を見ていたが、どんな内容だったか思い出せなかった。

天井も壁も白木造りの質素なものである。それを見て初めて、山口城に泊まっていたことと信長が横死した事実に思い当たった。

昨日の朝は松井友閑の屋敷で目覚め、都に向かって意気揚々と出発したのである。たった一日の出来事が、家康の運命を天と地ほどに変えたのだった。

「殿、左衛門尉どのがもどられました」

ふすまの向こうで康忠が告げた。

「さようか」

家康は少々寝呆けている。左衛門尉と聞いても、忠次のことだと分かるまでにしばらく時間がかかった。

「忠次か。忠次がもどったのだな」

「さようでございます」

「すぐに通せ。今何刻じゃ」

「卯の刻（午前六時）を過ぎた頃と存じます。左衛門尉どのは外でお目にかかりたいとおおせでございます」

「何ゆえじゃ」

「途中で野壺にはまったゆえ、川に飛び込んで洗ってきたと」

「馬鹿な。あやつは何をしておるのじゃ」

家康があきれ顔で玄関先に出ると、忠次と二人の家臣が片膝立ちで控えていた。

野壺どころではない。都から駆けつける途中に落武者狩りにあったらしく、顔と肩口に傷を負い、小袖も袴も血で汚れていた。

「忠次、大事ないか」

家康はしゃがみ込んで手を取った。

「不覚にも三人、供を死なせてしまいました」

「よくもどってくれた。早く中に入って手当てをせよ」

「山口どのの御殿を、血で汚すわけには参りません。馬屋で休ませていただきます」

「ならばわしも馬屋へ行く」

家康は馬屋の番所に忠次を入れ、医術の心得のある者に手当てをさせた。

小袖の下に着込んだ鎖帷子が何ヶ所か斬られている。これがなければ確実に死んでいたはずだった。

「さすがに京の鎧師は腕がちがいまするな。軽くて着やすい上にこれほど丈夫とは、たいしたものでござる」

「どこで襲われた」

「宇治川をこえようと舟を捜していた時、二十人ばかりに取り巻かれ申した。野伏や雑兵どもが駄賃稼ぎをしているのでござる」

忠次らは十人以上を討ち取って追い払ったが、家臣を三人失ったのだった。

忠次の治療をおえて着替えをさせると、家康は城内の広間に家臣全員を集め、京都の様子を語ってもらうことにした。

「左衛門尉忠次が明智勢の囲みを破り、こうして馳せ参じてくれた。途中野伏に襲われたが、手傷を負いながらも無事に切り抜けてきたのだ」

額の傷を白布でおおった忠次の姿を、誰もがじっと見つめている。

京都で何が起こったのか、その時忠次らはどうしたのか、聞きたいことは山ほどあった。

「我々が変事に気付いたのは、昨日の卯の刻（午前六時）を過ぎた頃でござった」

忠次は皆の顔を懐かしげに見回し、静かに語り始めた。

「何やら西の方が騒がしい。ひづめの音や馬のいななきがすると、夜番の者が知らせにきたゆえ、あるいは上様に命じられた軍勢が入京したのかもしれぬと、物見を出し申した」

忠次らが泊まっていたのは、二条新町にある茶屋四郎次郎ゆかりの宿だった。二条通りを西に向かい丹羽口まで出た物見は、桔梗の旗をかかげた明智勢が続々と本能寺に向かっていると報告した。

忠次はそれを聞いて妙だと思ったという。

「明智どのは備中高松城への加勢を命じられ、出陣されたものとばかり思っておりました。しかし命令が変わり、上様とともに西国に向かわれることになったのかもしれぬ。そう考えて物見を本能寺に向かわせた直後、南の方から鉄砲のつるべ撃ちの音が聞こえてきたのでござる」

宿から本能寺までは半里（約二キロ）ばかりしか離れていない。朝の静寂を破って鳴り響く銃撃音は、はっきりと聞こえた。

「しかしこれが明智の謀叛とは、その時には予想だにいたしませぬ。上様は将軍宣下を祝うために、西洋の儀式にならって祝砲を上げさせられたのだろうと、のんびりと構えており申した」

ところが銃撃につづいて鬨（とき）の声が上がり、ただ事ではないと気付いた。

そして物見がもどり、本能寺に火が放たれ軍勢が乱入したと言うのを聞いて、光秀が謀叛を起こしたと考えざるを得なくなったという。

「あまりのことに、それがしは一瞬頭が真っ白になり申した。この先どうしたらいいか、何も考えられなくなったのでござる」

「して、いかがなされた」

鳥居（とりい）元忠が痛ましげに忠次を見やった。

「初めは本能寺に行き、上様とともに戦うべきだと思い申した。しかし寺は一万を超える軍勢に包囲され、近付くこともなり申さぬ」

そこで近くの妙覚寺（みょうかくじ）にいる信忠（のぶただ）のもとに駆け付けようとしたが、すでに信忠は手勢をひきいて四条烏丸にある二条御所に駆け込んでいたという。

「二条御所には誠仁（さねひと）親王とご家族がおられるゆえ、我らが許可なく入るわけには参りませぬ。どうしたものかと考えている間に、明智勢が御所を包囲し、四方の門を固めたのでござる」

「信忠さまは何ゆえ御所に移られたのでござろうか」

石川数正がたずねた。

「城構えの御所の方が、妙覚寺より守りやすいと考えられたのでござろう。いったん本能寺に向かおうとなされたが、明智勢にさえぎられて断念なされたという者もおりまする」

忠次はそう言ったが、家康はちがうと思った。

変の急報を伝えた音阿弥から、信忠は親王を人質にとって御所に立て籠もろうとしたと聞いていたからだ。

（親王が明智の謀叛に関わっておられると、疑われたのであろう）

家康の脳裡に、番場の宿で会った信忠の姿がよぎった。

朝廷には信長が今上に対してご譲位を強要していることへの反発があるし、長宗我部家の処遇の変更で窮地に立たされた明智光秀が、鞆の浦の将軍義昭と連絡を取っているという情報もある。

こうした不穏な形勢の中でご譲位と将軍宣下を強行するのは、火に油をそそぐようなものだ。

だから上洛を延期するように、父上に進言してほしい。信忠は辞を低くして家康に頼んだのである。

ところが信長は誠仁親王から三職（太政大臣、関白、将軍）に推任するという書状を受け取り、上洛することに決めた。

この書状こそ、信長をおびき出すための罠ではなかったのか。信忠はそんな疑いを持ち、親王に迫って真相を究明しようとしたにちがいなかった。

「そこでやむを得ず、洛中を脱出することにしたのでござる」

忠次は誠実な人柄そのままに、起こったことだけを順を追って語った。

「しかし大勢では明智勢の目を引き申す。それゆえ配下の四十人を八組に分け、二組には岡崎に急を知らせるように、他の六組には七口を抜けて殿のもとに向かうように命じ申した」

ところが堺に行った家康が、今どこにいるのか分からない。そこで六組の者は身支度をしたまま、家康からの連絡を待つことにした。

するとと案の如く、未の刻(午後二時)過ぎに音阿弥が駆け付け、家康は宇治田原の山口城に身を寄せていると伝えたのだった。

「その頃には七口の警固も厳重になっており申した。そこで夜になるのを待ち、各組それぞれに都から脱出することにしたのでござる」

そして夜通し走って宇治川までたどり着き、野伏の襲撃を切り抜けて山口城までやって来たのである。

「すでに何組かは着いているものと思っておりましたが、まだのようでござるな」

忠次は来ていない者たちを案じ、力なくつぶやいた。

「道中の様子はどうだ。何か気付いたことはないか」

「夜の間に人目をさけて参りましたゆえ、何も聞くことはできませんでした。人と話したのは、野伏どもと斬り合った時だけでござる」

「何を話した」

「名もなき落武者と見られるのは無念でござるゆえ、徳川三河守の家臣、酒井左衛門尉忠次と名乗り申した。すると相手は槇島玄蕃頭昭光の旧臣と名乗り返したのでござる」

「昭光とは槙島城主だった方か」

「さよう。その昭光どのでござる。しかも相手は、殿がもうじき将軍を奉じて上洛なされるゆえ、徳川などは逆賊の一味として征伐されると豪語しており申した」

「そこまで手配をしているということだな」

「事前に廻状が回っていなければ、槙島家の旧臣たちが落武者狩りに出ることはござるまい。それなりに腕の立つ者たちでございました」

宇治の巨椋池に浮かぶ槙島に槙島城がある。この城の城主だった昭光は、元亀四年（一五七三）七月に足利義昭を迎えて反信長の兵を挙げた。

ところが七万をこえる信長勢の猛攻にあい、わずか十日ばかりで落城し、義昭は妹婿である三好義継を頼って河内若江城に落ちのびた。

そうして各地に潜伏した後、天正四年（一五七六）に毛利輝元を頼って備後の鞆の浦に移り、輝元を副将軍として幕府の内実をととのえた。

この時、槙島昭光も同行し、一色藤長とともに鞆幕府を支えた。

そして荒木村重を謀叛させたり、石山本願寺や武田勝頼、上杉景勝らと連絡をとって反信長の戦線をきずいたのである。

その昭光が旧領の宇治に廻状を回し、将軍を奉じて上洛すると触れて旧臣を募っているとすれば、光秀の謀叛はかなり前から計画されていたと見なければならなかった。

「ならば、この先どうなる」

家康は親指の爪を噛みそうになり、ぐっと拳を握りしめた。

「明智の背後に将軍がいるとすれば、誰が敵に通じているか分かりませぬ。一刻も早く帰国して、新たな事態に備えるべきでございましょう」

数正が焦りをあらわにした。

「ともかく小川まで行き、どの道を取るか決めるべきと存ずる」

元忠の意見に皆が同意し、さっそく出発の仕度にかかった。

宇治に廻状が回っているなら、大和や近江、伊賀も同じだと見なければならない。今にも幕府ゆかりの地侍たちが山口城に攻め寄せてくる気がして、朝飯がわりの握り飯を腰につけて城を出た。

信楽街道を東に六里（約二十四キロ）ほど行くと小川村がある。

甲賀と伊賀、そして近江の大津を結ぶ交通の要地で、鎌倉時代の末期からこの地を治める多羅尾氏の館があった。

　一町（約百十メートル）四方の敷地に堀と土塀をめぐらした、諸国の守護館の規模に匹敵する立派なものだった。

　山口光広に案内されて館に入ると、光広の父多羅尾道賀光俊と、兄の光太（みつもと）、光雅（みつのり）が待ち受けていた。

　上座は家康のために空け、下座に三人並んでいる。

　光俊は六十九の高齢だが矍鑠（かくしゃく）としている。光太は三十一、光雅は二十八の働き盛りで、聡明（そうめい）そうなきりりとした顔立ちをしていた。

　家康はいったん上座につくことを遠慮したが、光俊に是非ともと勧められて従うことにした。

「三河守どののご高名は、この山里にもとどろいておりまする。不慮の災難のさなかとはいえ、こうしてお目にかかることができましたのは、我ら生涯の誉れでございます」

　ご拝顔のお礼だと、光俊が白木の三宝にのせた革袋を差し出した。

　家康が光広に渡した五百両をそっくり返すというのである。

「これは受け取っていただかねば困ります。仕事の対価として支払ったものですから」

「確かに頂戴いたしました。それゆえ甲賀衆二百人が、命を賭けてご一行をお送りいたします。この金子はお返し申し上げるのではなく、多羅尾の隠居の心ばかりのお礼と思し召し下されませ」

「礼を言うのはこちらでござる。昨日今日とこうしてお守りいただいております」

「三河守どの、人には身に備わった格がございます。こうして山里で長生きしておりますと、おぼろげながらそれが見えるようになります。これまで雲上人にも幕府の要人にも会ってきましたが、貴殿ほど器の大きな方にお目にかかったのは初めてでございます」

「失礼ながら、上様には会われましたか」

「都でお目にかかり申した。二条御所を造営なされた時、甲賀の名石を献上いたしましたゆえ」

　あれはもう十年以上も前だと、光俊が懐かしげに目を細めた。

「どのようにご覧になりましたか」

「人を率い国を動かす方だと拝察いたしました。天才とはあのような方のためにある言葉でございましょう」

「おおせの通りでござる。それがしなど足元にも及びませぬ」

「三河守どのは、人に慕われ天下に求められるお方です。二十年の後には、必ず天下に号令するお立場になられましょう」

その時には当家をお引き立ていただきたい。光俊はそう言って三宝を上座まで運んだ。

「父上、そろそろよろしいでしょうか」

光雅が光俊を押しのけるようにして、用意の絵図を家康の前に広げた。

半畳ほどの大きさに伊賀越えの道と南近江路を記したもので、主要な城や寺の場所も記されていた。

「三河守どの、それがしが光広とともに甲賀衆を指揮してお供いたします。この先の道についても調べさせました」

「かたじけない。して、様子はいかがでござろうか」

「本能寺で信長公が果てられたことは、昨夜のうちに伊賀にも伝わったようでございます。昨年の伊賀の乱以来身をひそめていた土豪衆が、織田方に報復しようとひそかに動き出しております」

その標的はここだと、光雅が伊賀の平楽寺城（伊賀上野城）と柘植の福地城を指した。

平楽寺城の仁木友梅と福地城の福地宗隆は、天正伊賀の乱の時に信長方となって軍勢を先導したために、伊賀衆の怨嗟の的となっていた。

「それゆえ伊賀を抜けようとすれば、伊賀衆の攻撃を受けると覚悟しておかねばなりません。我らの動きはまだ知られていないはずですが、桜峠をこえて伊賀に入ったなら、身形のちがいで敵とみなされましょう」

「ならば南近江路は」

「油日から柘植に入った方が安全だろうと、我らも考えておりました。ところが昨夜になって六角承禎さまから廻状が届きました」

光雅が細いこよりにした密書を家康に差し出した。

書状は道賀光俊にあてたもので、要点は次の三つだった。

一、将軍の命を受け、明智光秀が信長を誅殺したこと。

一、程なく将軍が上洛し、承禎が近江半国の守護に返り咲くこと。
一、堺に逗留していた家康が伊賀、伊勢を通って三河に向かうと思われるので、見つけ次第討ち果たすこと。
(誅殺か……)

家康にはその言葉が何とも言えず不快だった。

信長に敗れ、威を恐れて身をひそめていた者が、時の勢いを得て臭い息をまき散らしている気がする。

一方、この知らせを得てもなお、光俊が自分を守ろうとしていることにも思い当たり、かたじけなさに頭が下がった。

「道賀どの、ご厚情は生涯忘れませぬ」

家康は書状を押しいただいて光雅に返した。

「礼には及びませぬ。実は貴殿とお目にかかるまで、どうするべきか迷っておりました。承禎さまのおおせの通りなら、貴殿の首を差し出せば十万石ばかりの所領はもらえましょうから」

光俊が目尻にしわを浮かべて渋く笑った。

「しかし貴殿と会って、十万石と引き替えるにはあまりに惜しいと思ったのでござる。天馬が手の内に入ったからとて、肉にして喰らうという法がございましょうか」

「それがしの行く末に、賭けていただいたということでしょうか」

「さよう。高い理想を持つ者は、将来のために生かされるべきでござる。裏切者の末路など、たかが知れており申す」

「ただし、三河守どの」

光雅が口をはさみ、多羅尾家は長年六角家のご恩をこうむってきたので、命令に背くわけにはいかないと言った。

「それゆえ南近江路をたどり、甲賀衆を敵に回すことはできません。桜峠を越えて伊賀を抜けるしか、手立てはないのでござる」

「承知いたしました。ただ、伊賀を抜けるなら服部半蔵に案内させたいと存じます。明日にはここに着くはずゆえ、それまで待っていただけないでしょうか」

「我らが伊賀衆に遅れを取ると申されるか」

光雅が臆病なと言いたげな顔をした。

「そうではござらぬ。伊賀衆は人数も多く地の利を得ており申す。万一に備えて、念には念を入れておきたいのでござる」

「三河守どの、ご懸念はもっともでござる」

　黙ってなり行きを見守っていた光太が、初めて口を開いた。

「されど、すでに貴殿がこの館に入られたことは、他の甲賀衆に知られておりましょう。我らとしては、一刻も早く桜峠を越えていただきたいのでござる」

「この城が攻められるということでしょうか」

「たとえそうなっても、我々は貴殿を守り抜きます。しかし本音を言えば、一族内の争いは避けたいのです」

　そう言われれば応じざるを得ない。伊賀の国を一日で駆け抜けるために、出発は明朝の寅（とら）の刻（午前四時）と決めた。

　そこで問題となるのが、家康主従の防備である。刀はたばさんでいるものの、鎧も弓も槍（やり）も持っていなかった。

「まことに心苦しいお願いではござるが、鎖帷子や腹当があればお譲りいただけまいか」

総勢四十余人。一人につき十両払うと、家康はさっき受け取った五百両の革袋を差し出した。

「しかし、今からでは」

揃えるのは難しいと光太が渋い顔をした。

近くに鎧師は何人かいるが、それほど多くの在庫はないという。

「兄上、他の甲賀衆に借りたらどうでしょうか」

光広が申し出た。

「馬鹿な。具足を貸すようでは甲賀者の名折れじゃ」

「伊賀を抜ければ不用になるゆえ、三日後には返します。三日貸すだけで十両得られるなら、応じる者は多いと存じます」

十両あれば一家族が一年暮らせるのである。現金収入が少ない山里の者にとって夢のような話だった。

「何と言って借りるのじゃ。まさか三河守どのがご所望だとも言えまい」

「遺恨の筋あって伊賀の城を攻めるとでも何とでも、それらしき理屈を考えます。それがしにお任せ下され」

光広の熱意が通り、多羅尾家の者たちが金を持って親類縁者の家に散っていった。

家康は翌朝ただちに出発できるようにして横になったが、気持ちが高ぶって寝付くことができなかった。

伊賀は魔性の隠国と聞く。不思議の忍術を使う伊賀者たちが、古くから世俗の権力とは一線を画した生き方を貫いている。

信長は伊賀者のそうした生き方を憎んだ。

それゆえ伊賀の四方から五万もの大軍を進攻させ、歯向かう者を容赦なくなで斬りにした。

犠牲者の数は正確には分からないが、おそらく二万から三万にのぼるだろう。それゆえ生き残った者たちの信長への恨みは深い。

信長が光秀によって倒された今、恨みの矛先が信長の同盟者である家康に向けられるのは自然のなりゆきである。

伊賀越え六里（約二十四キロ）の道程は、敵中を突破をするに等しいと覚悟しなければならなかった。

（呪術、火術、隠形術、水遁の術……）

家康は服部半蔵から聞いた伊賀忍法を思い出してみた。

名前だけは記憶しているが、どんな術なのかはまったく分からない。それは家臣たちも同じなので、ひときわ半蔵の帰りが待たれるのだった。

いつの間にか浅い眠りに入っていたらしい。

家康は表のざわめきで目を覚ました。

（よもや、敵襲か）

枕元においた刀をつかんで飛び起き、宿直（とのい）の康忠を呼んだ。

「ただ今、半蔵どのがもどられました」

康忠が持つ灯明皿の灯りが、真っ暗な部屋を薄赤く照らした。

「そうか。すぐに通せ」

「草鞋を脱いでおられます」

「今、何刻じゃ」

「子（ね）の刻（午前零時）を過ぎた頃と存じます」

やがて板張りを踏む音がして、忍び装束の半蔵と音阿弥が現れた。

「殿、ご無事で何よりでござる」

「半蔵、遅かったではないか」

「安土の様子を確かめに行っておりましたので、音阿弥と行き合うのが遅れました」

「さようか。して様子は」

「城の留守役をつとめておられた蒲生賢秀どのが、信長公の奥方さまたちを日野城に移して守っておられます」

「お市どのも移られたか」

その安否が身内のように気遣われた。

「はっきりとは分かりませぬが、同行されたと思われます」

「近江はどうじゃ。明智に身方する者も多いのではないか」

「京極高次、阿閉貞征が若狭の武田元明と示し合わせ、明日にも長浜城を攻めるようでございます」

「すでに軍勢を集めているということか」

「昨日のうちに北近江に廻状を回しております」

「そこまで根回しをしていたのだな」

家康は足元が揺らぐような不安を覚えた。

京極高次は近江半国の守護、武田元明は若狭の守護だったが、信長に敗れて臣従していた。

阿閉貞征は浅井長政の重臣で山本山城の城主だったが、長政が信長と敵対して没落すると織田方に寝返った。

彼らは南近江の六角承禎と同じように、本能寺の変の当日に旧臣たちに廻状を回し、長浜城を攻める態勢をととのえていたのである。

光秀が信長を討ち、近日中に将軍義昭が上洛するという連絡が事前になされていなければ、とても出来ないことだった。

「光秀が一両日中に安土城に入るという噂もございます。それゆえ近江の国衆は雪崩を打って光秀方に参じているのでございます」

「ならば長浜城はどうなる」

「すでにもぬけの殻のようでございます」

「もぬけの殻とは、どういうことだ」

「形勢不利と見た羽柴家の留守役たちは、秀吉どのの母親や正室を連れて城から逃げたのでございます」

「そんな馬鹿なことがあるか。城にも相当の人数がいたであろう」

秀吉は長浜城を与えられ、北近江を領している。本隊は毛利との戦いに出陣しているとはいえ、五、六百の留守部隊は残しているはずである。

それなのに城を守る態勢も取らず、城から逃げ出すとはどういうことだろう。

しかも本能寺の変の翌日で、何が起こったのかさえよく分からない。そんな状況の中で、留守役たちに城を捨てる決断ができるものだろうか。

城には金銀や重要な書状、武器弾薬などが保管してある。

それをたった一日で持ち出すことも、放置したまま城を捨てることも、常識的に考えればできるはずがなかった。

「できるはずのないことをやってのけるのが、秀吉という方の才覚でございましょう」

「どんな才覚を用いたか、思い当たることがあるようだな」

「何かあったら城を捨てて逃げろと、事前に申し付けておられたのでございましょう」

　半蔵が頬の削げ落ちた顔に虚無的な笑みを浮かべた。

「何かが起こると分かっていた、ということか」

「それがしには、そうとしか思えません」

「すると羽柴どのも」

　家康は半蔵に身を寄せ、光秀に身方しているのかと目だけでたずねた。

「もしそうであれば、城を捨てて逃げたりはなさりますまい。何か思いも寄らぬ計略があるのかもしれません」

「そういえば……」

　信長が上洛の日を決めたのも、秀吉からの出陣要請があったからだった。

　家康が上洛の延期を進言しようとした矢先に秀吉の急使が駆け込み、備中高松城攻めに出陣してくれと頼んだのである。

「あれも才覚のひとつかもしれぬな」

「もうひとつ、気になることがございます」

「うむ。申せ」

「織田信雄どのが伊勢の軍勢をひきいて関宿まで来ておられますが、鈴鹿峠をこえて近江に入ろうとはなされません。そのため近江では、光秀に身方しているという噂が流れております」

「それは敵がばらまいた流言であろう。信雄どのにはそのような才覚はあるまい」

家康は鋭い皮肉を込めて才覚という言葉を使った。

「それならいいのですが、伊賀越えの道をたどられたなら、関宿を通ることになります。一応お耳に入れておいた方が良いかと」

「その伊賀越えが難しい。そちに指揮を任せるゆえ、出発までに仕度をととのえておいてくれ」

「承知いたしました」

半蔵は長駆してきた疲れもみせずに部屋を出ていった。

「音阿弥、よく間に合ってくれたな」

家康は褒美に十両を渡し、都で何か分かったかとたずねた。

「一座の者からの知らせでは、光秀は謀叛の翌日に参内して誠仁親王と会ったそうでございます」

「謀叛の成功を報告に行ったということか」

「そればかりではなく、洛中の静謐を守るようにという勅命を得るためだと思われます。それは朝廷から正統な権力者だと認めてもらうことでもあります」

都の観世座に籍をおく音阿弥は、そうした事情に詳しかった。

「近衛公は六月一日に摂政になり、天皇の名代となって六月二日に上様に将軍宣下をする。そうして時期を見て、誠仁親王へのご譲位を行うと言っておられた。それは事実か」

「確かなことは分かりませんが、ご譲位の儀はすでに行われていたものと思われます。それゆえ光秀は、誠仁親王から洛中静謐の勅命を得ようとしたのでございましょう」

音阿弥のこの推察は正鵠を射ていた。

変の四日後、誠仁親王から光秀に勅使を下す決定がなされたのである。

余談だが、本能寺の変の原因のひとつである誠仁親王へのご譲位については、朝廷においても長い間隠されてきた。

その理由は主に三つ。

ご譲位が信長の強要によって行われたこと。

正親町天皇のご意志に反して行われたこと。

そしてこれが明らかになれば、本能寺の変に朝廷が関与していたことが白日の下にさらされることである。

そのために公家たちの業務日誌である日記でさえ、組織的な改竄、隠蔽が行われた。その中のひとつに『天正十年夏記』がある。

これは当時朝廷の武家伝奏（武家との連絡役）をつとめていた勧修寺晴豊の日記の本能寺の変に関わる部分だが、『晴豊公記』から抜き取って別に保管されていた。

晴豊は上位の者から該当部分の焼却を命じられたものの、後の世に真実を伝える義務があると考え、その部分を別本として保管していた。

それが発見され、『晴豊公記』の一部だということが解明されたのは、本能寺の変から四百年ちかくたった一九六八年のことだ。

そしてそこには、ご譲位が行われていたことを示す決定的な記述があった。

天正十年（一五八二）六月六日の記事は以下の通りである。

〈六日、雨降。のけ者数かぎりなし。こや共かけ事外なり。吉田めし、安土へ明智方へ勅使なり。明日罷り下るべく候由候。巻物下され候。各御談合共なり〉

のけ者とは本能寺の変で避難してきた住民のことだ。

彼らが御所に入り込んで小屋を建てて住みついたというから、この頃の御所はこうした場合には住民に開放されていたことが分かる。

「吉田めし」、以下は、吉田兼見（この頃は兼和）を呼んで、安土城にいる光秀のもとへ勅使として行くように命じたということだ。

命じたのが誠仁親王であることは、同じ日の兼見の日記（『兼見卿記』）に親王から安土に使いに行くように命じられたと記してあるので明白である。

旧来の説を奉じる方々の中には、誠仁親王は兼見を呼んで勅使として行くように命じただけで、ご自身が天皇になっていた訳ではないと解釈する向きもあるが、「吉田めし、安土へ明智方へ勅使なり」の文章をそう読むには無理があるのではないか。

そもそもこの頃の正親町天皇は政治の第一線から身を引かれ、誠仁親王が下御所（二条御所）で政務をとっておられた。

それゆえ上御所（内裏）に難を避けておられた親王は、担当者を集めて今後の方針について「御談合」をなされたのである。

安土城にいる光秀を京都に呼びもどし、洛中の警固をさせるために勅使をつかわすということは、朝廷が光秀謀叛の正統性を認めるということだ。

そして足利義昭の上洛を待って、幕府を再興する。

それが談合で話し合われた路線だったはずだが、この計画は羽柴秀吉の思いもよらない行動によって瓦解する。

それゆえなおさら、朝廷としては計画の痕跡を消し去る必要があったのである。

むろん、家康はそのことをまだ知らない。だが音阿弥の報告を聞いて、おおよその事情を察していた。

「つまりご譲位を隠していたのは、上様を討つ罠を仕掛けるためだったということか」

家康は六角承禎の書状にあった「誅殺」という言葉を思い出し、腹が焼けるような怒りを覚えた。

「そのようにしか思えませぬ」

「近衛公が摂政になって将軍宣下をするという話も、初手から空言だったのだな」

「おそらく」

「おのれ。公家どもが」

家康は真っ先に、近衛前久の上品な顔を思い浮かべた。

「そちはこれから都へ向かえ。そして伴与七郎と連絡を取り、謀叛の背後で何があったか突き止めよ。そのためにはどんな手段を使っても構わぬ。上様の弔い合戦と心得よ」

その費用は茶屋四郎次郎が用立てると、借用勝手の朱印状を音阿弥に渡した。

本丸の中庭に、家臣たち全員が集まっていた。

左右にかがり火を焚き、山口光広が集めてくれた具足を身につけていた。

鎖帷子、畳具足、鎖腹当。いずれも持ち運びやすく身軽に動けるように工夫したものだった。

「鎖帷子は刀を取って敵と戦う方々に、畳具足と鎖腹当は殿の守りをつとめる方々に着てもらいます」

半蔵は伊賀忍者の襲撃にそなえ、役割を二つに分けていた。

鎖帷子は鎖を縫い込んだ着込みで、動きやすい反面、弓矢や吹き矢などに弱いという欠点がある。

一方、畳具足は厚い布地に鉄の小札（薄い鉄板）を貼ったもの、鎖腹当は鉄の小札を鎖でつなぎ合わせたもので、弓矢や吹き矢を防ぐことはできるが重くて動きにくい。

そこで畳具足や鎖腹当を着た者には初めから武器を持たせず、人垣を作って家康を守ることだけに専念させるのである。

「敵と戦おうとすれば、どうしても吊り出されて守りがおろそかになります。それゆえ攻撃を受けたなら、殿の周りにひと固まりになって楯になってもらいます」

半蔵は伊賀忍者がどんな戦法で攻めて来るか熟知している。それを撃退する手立ても入念に考えていた。

「山口どのに駕籠を用意していただきました。しかし殿ではなく影武者に乗ってもらいます」

「わしは雑兵にでもなるか」

「さよう。鎖帷子と忍び装束を着て、それがしの横についていただきます」

「刀は持たせてくれような」

「むろんでござる。奥山神影流皆伝の腕前を見せて下され」

影武者は酒井忠次がつとめることになった。

わざと立派な陣羽織を着込み、家康にみせかけて駕籠に乗る。

その周りを石川数正、松平康忠、本多忠勝、榊原康政ら腕に覚えのある重臣たちが警固することになった。

前後に鉄砲二十挺を装備した甲賀衆二百名が守りにつき、多羅尾光雅、山口光広兄弟が指揮をとっていた。

予定通り寅の刻（午前四時）に出発しようとしていると、多羅尾光俊が一丁の駕籠を従えて駆けつけた。

「三河守どの、この駕籠をお使い下され」

光俊が戸を開けると、中には馬に乗った勝軍地蔵の石像が入っていた。

「これは行基菩薩が手ずから刻まれた、当家重代の家宝でござる。戦神ゆえ、道中を守って下さるは必定でござる」

しかも駕籠が二丁あれば、敵に襲われた時の囮(おとり)にもなるという。

「かたじけない。道賀どののご厚情、決して忘れませぬ」

家康は光俊の手を取って礼を言い、出発の号令を下した。


桜峠に向かう山道を、家康の一行は細長い列になって進んだ。

先頭は鉄砲十挺を装備した甲賀衆五十人。次に勝軍地蔵を入れた駕籠を警固する五十人で、指揮は多羅尾光雅がとっている。

その後ろに鳥居元忠、石川数正ら重臣二十人が、酒井忠次が乗った駕籠の前備えをつとめ、忍び装束を着て鎖頭巾をかぶった二十数名が後ろについている。

忍びの姿をしているのは服部半蔵の配下に見せかけるためで、この中に家康や松平康忠、本多忠勝、榊原康政も加わっていた。

一番後ろを鉄砲十挺をそなえた甲賀衆百人が固め、山口光広が指揮をとっている。

前後の鉄砲には弾をこめ火縄に火をつけ、いつでも撃てる態勢を取っていた。

寅の刻を過ぎたばかりで、あたりは闇におおわれている。夜空にまたたく星明かりを頼りに、一行は足早に峠に向かった。

半蔵の配下が二、三人でもいれば、先頭を行かせたいところである。道案内もできるし、伊賀者の忍術にも通じているので、敵の襲撃に的確に対応できるだろう。ところが配下は誰も駆けつけていないし、半蔵に先頭を務めさせるわけにはいかなかった。

桜峠にさしかかった時には、東の空が薄明るくなっていた。まわりを雑木林におおわれているので見通しはきかないが、この先は伊賀国である。

なだらかな下り坂が丸柱村までつづいている。

その先には石川、河合(かわい)の村がある。

「伊賀の乱の時には、この口から堀久太郎(ほりきゅうたろう)どのを大将とする一万五千の軍勢が攻め込みました。多羅尾光太どのも、その中に加わっておられました」

伊賀の乱の状況について、半蔵は詳細に調べ上げていた。

峠を越えて伊賀の国に足を踏み入れた直後から、風が渦を巻いて吹き始めた。前方から吹きつけるかと思えば南に変わり、いつの間にか背後からの追い風になる。

風は木々を揺らし梢(こずえ)をざわめかせ、まわりの音を聞こえなくする。しかも雑木林が右に左に揺れるので、地面が揺れているような錯覚を覚えた。

「ご用心下され。仕掛けのようでござる」

半蔵が家康の楯になる構えを取った。

山の木々をぬってつづく細い道は、一町ほど先で左に折れて見通しがきかなかった。

と、突然、渦を巻く風の音にまじって、

「徳川三河守家康だな」

低く呼びかける声が聞こえた。

「伊賀の怨念、思い知るがよい」

その声が終わるやいなや、前方の大曲がりの向こうから猪の群れが飛び出してきた。

明け方の薄闇の中を、黒い影となった大猪が地響きを上げて突き進んでくる。

先頭の甲賀衆はそれを避けようとして大混乱になり、何人かが谷川へと転げ落ちた。

鉄砲衆が筒先をそろえて猪を狙い撃ったが、弾は影をすり抜けるように何の効果もなかった。

「いかん。これは幻術でござる」

半蔵が懐から竹の笛を取り出し、まわりに向かって吹き鳴らした。

耳に突き刺さるような高い音がしばらくつづくと、猪の群れはいつの間にか消え失せ、渦を巻く風もおさまっていた。

後に残ったのは、谷川に落ちて絶命した甲賀衆十数人の遺体と、鉄砲を放った後の硫黄の臭いだけだった。

「これは、どういうことだ」

家康は悪い夢でも見ている気がした。

「伊賀には柴丸、柴若という双子の幻術使いがおります。一人でも飛び抜けた術を使いますが、二人で力を合わせると何倍もの威力になると申します」

「その笛が、術を破ったようだな」

「双子の術者は、異様に耳がいいと聞いております。これは配下を呼ぶための笛でござるが、幻術を使っているのがその双子なら効果があると思ったのでござる」

柴丸と柴若は近くの木陰か岩陰にひそんで術をかけているはずである。

幻術を使うには極限まで神経を研ぎ澄まさなければならないので、笛の音が耳に突き刺されれば集中力を保つことはできなくなる。

　半蔵はとっさにそう判断して笛を用いたのだった。

「これで双子の術者がまだ生きていることが分かり申したが、相手にもこちらの陣容は知られたはずでござる」

「これは小手調べということか」

「挨拶がわりでございましょう。それがしもこれほどの幻術を見たのは初めてでござる」

　家康はそのことを光雅や光広にも伝え、いっそう用心するように申し合わせて丸柱村へ向かった。

　雑木林を抜けて峠のふもとまで下ると、細い小川が流れていた。

　川の両側にわずかの田畑があるが、荒れ果てたまま放置してあった。

　天正伊賀の乱から、まだ九ヶ月しかたっていない。住民の大半が殺されたり他国に落ち延びたりしたために、耕す者がいないのである。

　荒廃をきわめた戦場跡を急ぎ足で通り過ぎながら、家康は治政の難しさを痛感していた。

光ある所に必ず影ができる。栄える者あれば、没落する者が生まれるのが世の常である。

律令制にもとづいた新しい世の中を築こうとした信長の考えは間違っていないはずだが、従来の制度を大きく変えることを受け容れ難いと考える者は大勢いる。伊賀の者たちも、昔ながらの惣国一揆をつづけたいと望み、武器を手にして立ち上がった。

信長は五万もの大軍を投じて抵抗をねじ伏せたが、その結果が夏草が生い茂るままに放置された田畑である。

この土地でどれほどの人が死に、血が流されたかと思うと、大地を踏みしめる足の裏から、犠牲となった人々の哀しみと苦しみが伝わってくるようだった。

丸柱の村も焼き払われたままだった。

かつて家や寺があった敷地には、生き残り住み残った者たちが、掘っ立て小屋を建てて細々と暮らしている。

道端に三々五々と固まって一行を見物している者たちは、ありあわせの襤褸をまとい、顔も体も薄黒く汚れていた。

そうした者たちの中に、忍びがひそんでいる恐れがある。足を止めれば標的になるので、一行は小走りになって村を通り過ぎた。

村のはずれに大きな楠があった。

高さ十丈（約三十メートル）をこえる巨木が枝を伸ばし、青葉を雲のように茂らせている。

幹は差し渡し一丈ほどもあり、根が地面を盛り上げて四方に走っている。

その根方に、三人の娘が全裸で縛りつけられていた。

まだ、十四、五歳になったばかりだろう。

三人とも女の体をしているが、骨張った胸や腰に幼さが感じられた。

側には三本の卒塔婆が立てられ、耳須弥次郎、福地宗隆、多羅尾光太と大書してある。

道端では老婆が琵琶をかき鳴らし、低いしわがれ声でいきさつを語っていた。

「道行く皆さま、どうかお聞き下されませ。ここなる三人の娘は、伊賀の乱において国を見捨て仲間を裏切った耳須弥次郎、福地宗隆、多羅尾光太の身内の者でございます」

老婆の口上は講釈師のように巧みで、しわがれ声なのに遠くまでよく通った。

「耳須は河合村、福地は上柘植村を領する伊賀者にもかかわらず、信長に伊賀攻めを進言した裏切り者。多羅尾は伊賀とは類縁深き甲賀者でありながら、信長に従って伊賀に攻め入った恩知らずでございます」

ベベン、ベン、ベンと拍子をとって息を継ぎ、老婆はさらにつづけた。

「我ら伊賀者は生きる術(すべ)を失い、盗人や人買いをして口を養う他なくなりました。そこで憎っくき耳須、福地、多羅尾の屋敷に忍び入り、上玉の娘をさらってきたのでございます。ほれ、見ての通り美人ぞろい。道行く皆さま、我ら伊賀者を哀れと思し召すなら、どれでも一人五両でお売りいたします。側女(そばめ)にでも端女(はしため)にでもして、お使い下されませ」

これを聞いて多羅尾光雅の家臣たちはいきり立った。

伊賀の六里は足早に駆け抜けると申し合わせたばかりなのに、先頭の者たち五人が足を止めて老婆に詰め寄った。

「やい、婆ぁ。多羅尾の身内というのは真実か」

「へえ、さようで」

「いい加減なことを言うと承知せぬぞ。いったい誰の身内じゃ」

「多羅尾光春さまの娘、お福でございます」

「なにぃ、お福どのだと」

それは一大事だとばかりに、五人が娘に歩み寄った。

とたんにどこからともなく矢が飛んできて、五人の胸や腹に突き立った。

それと同時に沿道にひそんだ者が二丁の駕籠に火薬玉を投げつけた。

玉は鉛色の煙を猛然と噴き上げている。

「逃げろ、爆発するぞ」

誰かが叫ぶと、甲賀衆が勝軍地蔵を入れた駕籠を置いて逃げ出した。

後ろの駕籠で影武者をつとめる忠次も、外に出て難をさけた。

ところが火薬玉は煙を噴き上げるばかりで爆発はしなかった。

あたりを包んだ鉛色の煙が晴れた時には、琵琶弾きの老婆も楠に縛られていた娘たちも煙のように消え失せていた。

「煙遁の術でござる。『炎（ほのお）の十蔵（じゅうぞう）』の仕業でございましょう」

火術の名人と呼ばれた男だと、半蔵が家康に体を寄せてささやいた。

「老婆ではなかったのか」

「変わり身の術でござる。老婆に身を変えることなど雑作もございません」

「しかし、なぜ煙玉を使う。爆発させることもできたであろう」

家康は虚仮にされた腹立ちを抑えかねていた。

「どちらの駕籠に殿が乗っておられるか、確かめたのでございましょう。しかも忠次どのが影武者をしておられることまで知られたようでございます」

「なぜ、そうと分かる」

「殿と見たなら、矢を射かけたはずでござる。ところが一本の矢も射ておりませぬ」

「わしの顔を見知っているということか」

「伊賀者は要人の暗殺も請け負います。諸大名の顔も体形も癖も調べ上げております」

「ならばどうする。もう忠次は使えまい」

「手立ては二つあります。影武者を使っていると思わせて殿が駕籠に乗られるか、勝軍地蔵を駕籠に乗せて忠次どのを警固につけるのでござる」

忠次が側にいれば、敵は今度こそ本物が乗っているはずだと思うにちがいないという。

「駕籠に乗っていては刀も使えぬ。勝軍地蔵さまに影武者になってもらってくれ」

「ならばここで行列を組み替えて下され。光雅どのには先頭は荷が重いようでござる」

しかし光雅だけ後ろに回せば体面を汚すことになる。そこで全部を組み替えるというのである。

家康は進言に従い、半蔵らを従えて先頭に出ることにした。

その後ろに重臣たちが守る勝軍地蔵を乗せた駕籠、最後尾に光雅、光広がひきいる討ち減らされた甲賀衆を配した。

「三河守どの、申し訳ございませぬ」

光雅がたび重なる失態をわびに来た。

他の者と替えられるなら異存もあるだろうが、家康が先頭を受け持つというのだから恐縮するしかないのだった。

第五章

正信帰参

天正十年（一五八二年）、本能寺の変以後の勢力図

上杉景勝
北条氏政
徳川家康
柴田勝家
織田信孝
羽柴秀吉
毛利輝元
織田信雄
長宗我部元親

丸柱村から東に半里（約二キロ）で石川に着く。

ここから河合川ぞいに一里半ほど南に下ると、河合村が広がっている。

桜峠からの道と、御斎峠から加太峠につづく道が合流する交通の要所である。

この地を治める耳須弥次郎は、天正伊賀の乱の時に信長に身方して恩賞を得たが、本能寺の変の直後に伊賀者の報復を受けた。

六月三日の夜から四日の朝にかけて村が焼き打ちされ、老若男女の区別なく殺されたのである。

このことあるを覚悟していた弥次郎は必死の防戦につとめたが、夜陰に乗じてどこからともなく攻めかかってくる伊賀者を防ぐことはできず、村を捨てて逃げ出さざるを得なくなった。

村には焼け落ちた家の残骸と、放置されたままの遺体が転がっている。焼死体も多く、鼻を突く異様な臭いがあたりにただよっていた。

信長が討たれることを、伊賀者は事前に知っていたにちがいない。そうでなければ、変の翌日にこれほど迅速な行動ができるはずがなかった。

「伊賀者の中には鞆の浦の足利義昭に仕え、信長公への復讐をはたそうとしている者がいました。その者たちから知らせがあったのでございましょう」

半蔵はそう推察していた。

河合村から柘植に向かう道に出るには、河合川を渡らなければならなかった。上流で野田川と合流した川は水量を増し、大きく蛇行しながら流れていた。

川幅は二十間（約三十六メートル）ほどある。橋はなく、川底に石を並べて浅瀬にしてあった。

「殿、しばらくお待ちを」

本多忠勝が数人を連れて先に川を渡り、対岸に伏兵がいないことを確かめた。

榊原康政は上流と下流に人を走らせ、背後をつかれないように守りを固めた。

家康は半蔵を従え、腰まで水につかりながら川を渡った。つづいて駕籠をかついだ者たちが川に足を踏み入れた。

駕籠が川の中ほどにさしかかった時、上流でガタンと何かが倒れる音がした。とたんに鉄砲水がしぶきを上げながら浅瀬に押し寄せてきた。

水をためていた堰を、上流で一気に切り落としたのである。

「敵じゃ。駕籠を捨てて川から上がれ」

家康は声高に命じた。

駕籠を捨てた酒井忠次らは、家康の方に向かって走った。甲賀衆は引き返そうとしたが、後ろの身方が邪魔になって素早く動けなかった。

そのうち鉄砲水に襲われ、突き倒されるように押し流された。それを追うように巨大な魚の群れが泳ぎ下っていく。

あれは何だと見るうちに、魚たちは流された駕籠や甲賀衆に短い手槍で襲いかかった。灰色の忍び装束をまとった伊賀者である。

しかも第二陣三十人ばかりが、浅瀬の石を足場にして踏みとどまり、川から上がって甲賀衆に襲いかかった。

どこにひそんでいたのか、背後からも二十人ばかりが呼応した。

虚を衝かれた甲賀衆は、防御の態勢も取れずに討ち取られていく。

「半蔵、第三陣はおらぬか」

「鉄砲水は去りました。もはやおりませぬ」

「ならば引き返すぞ。身方を助けよ」

家康は刀を抜き放ち、真っ先に浅瀬を突っ切った。

忠次、康忠、忠勝、康政らが遅れじと後を追った。

「鶴翼に開け。一人残さず討ち取るのじゃ」

家康は手槍を持つ敵の小手だけを狙った。

多勢と戦う時には、体力の消耗をさけて相手の戦闘力だけを奪うのが鉄則である。奥山神影流皆伝の腕前で、容赦なく手腕を打ち落としていく。家臣たちの剣の腕も、裏技を事とする忍びの及ぶところではなかった。

家康が陣頭に立っての加勢に、浮足立っていた甲賀衆が息を吹き返した。

「ひるむな。三河守どのが見ておられるぞ」

多羅尾光雅は家康と共に前の敵に立ち向かい、山口光広は後方からの敵に当たった。

双方入り乱れての白兵戦は、鎖帷子や鎖腹当をつけた方が圧倒的に有利である。伊賀者は三十ばかりの骸を残し、四方に逃げ散っていった。

甲賀衆の被害も三十人を超えている。鉄砲衆十人が流されたことも、大きな痛手だった。

「水遁の術でござる。仕掛けがないか、念を入れて確かめるべきでございました」

半蔵が詰めの甘さを悔やんだ。

流された駕籠は、少し下流の大曲がりで岸に打ち上げられていた。何ヶ所か手槍で突き破られ、石造りの勝軍地蔵にも穂先で突かれた跡が残っていた。

「この地蔵さまが身替わりになって下されたのじゃ。どこかの寺に預け、無事に帰りついたなら引き取りに来ることにしよう」

家康は地蔵を地に据え、この先のご加護と死者の冥福を祈った。

余談だが、この地蔵は後に江戸の愛宕(あたご)神社（港区愛宕一丁目）に祭られ、厄除(やくよ)けとして庶民の信仰を集めることになるのである。

「半蔵。ここから柘植までは二里（約八キロ）ばかりと申したな」

「さようでござる」

「ならばそなたは先触れをせよ。福地宗隆(ふくちむねたか)どのに柘植での警固を頼んでくれ」

福地伊予守(いよのかみ)宗隆は柘植から加太峠にかけての一帯を領する国衆(くにしゅう)で、堅固な福地城と五百ばかりの手勢を持っている。

すでに正午に近いので、福地城で皆の足を休めてから加太峠に向かいたかった。

柘植は宿場町である。

伊賀越えの道や近江の油日からの道をたどってお伊勢参りに行く旅人は、ここで一泊して加太峠に向かう。

街道ぞいに建ち並ぶ宿場は、天正伊賀の乱の戦火をまぬがれ、昔と同じ町並みを保っている。

これは宗隆がいち早く織田方に身方し、乱暴狼藉を禁じる制札を信長から得たお陰だった。

町の入り口の大門で、半蔵と二人の武士が待っていた。小目地九左衛門と柘植平弥という。二人とも宗隆の家臣だった。

「昨夜、福地城が伊賀者に襲われ、宗隆どのは逐電なされたそうでござる」

半蔵が急を告げた。

「伊賀者はそれほどの人数か」

「そうではございません。たとえ一人でも城に忍び入り、夜の間に寝首をかく腕利きが何人もいるのでござる」

しかも信長が倒れた今となっては、家臣たちがいつ離反するか分からない。そこで宗隆は、退路があるうちに家族や側近らとともに城から脱出したのだった。

「かわりに福地家の菩提寺である徳永寺に案内すると、お二方がおおせでございます」

徳永寺は山を背にした高台にあり、まわりに土塀と堀をめぐらした格式高い造りだった。

家康たちは本堂で足を休め、寺が用意してくれた粥をすすった。

気を張り詰めてきただけに、温かい粥と安心できる場所は何よりの馳走だった。

出発は未の刻（午後二時）と決め、皆で仮眠を取ることにした。

何しろ寅の刻（午前四時）から緊張を強いられながらの早駆けがつづき、皆が疲れ果てている。

家康も横になるなりすぐに眠りに落ちたが、神経が高ぶっているせいか、四半刻（約三十分）ばかりで不吉な夢に起こされた。

何の夢か覚えていない。本能寺で炎に包まれる信長や、夕焼けに染まった琵琶湖に沈んでいくお市の姿が、脈絡もなく現れた気がする。

不安と焦燥にじっとしていられないのは、お市の安否が気遣われるからだった。

家康は康忠に山口光広を呼んで来るように申し付けた。

「ご用でございましょうか」

光広は甲賀衆の犠牲の大きさに打ちのめされていた。

「日野の蒲生どのに使いを立てたい。誰か心利いたる者はおるまいか」

「柏木御厨（甲賀市）の荘官をつとめる山中賢定という者がおります。この者は蒲生賢秀どのの養女を妻にしております」

「ならば頼む。書状をしたためるゆえ、仕度をしておいてもらいたい」

家康は康忠に筆記の用意をさせて口上を述べた。

「急ぎ飛脚をもって申します。日野城に籠城しておられると聞きました。織田信雄さまの軍勢が行動を起こさないのはあるまじきことですが、今後も織田家のために働かれるのは喜ばしい限りです」

これを書状にすれば以下の通りである。

〈急度飛脚をもって申し候。其城堅固に相拘の由、尤に候。御君達（信雄）衆ご無沙汰候は有間敷く候といえども、いよいよ御馳走大慶満足なさるべく候〉

家康は康忠が書き終えるのを待って先をつづけた。

「信長公の年来の御恩は忘れ難いほど厚いものですから、是非とも光秀を成敗しよ

う と決意しておりますので、ご安心下さい。日野方面を無事に守り抜くことが、一番大事だと存じます」

〈信長年来の御厚恩忘れ難く候の間、是非惟任（光秀）儀成敗すべく候の条、御心安るべく候、異儀なく其面拘有るべき事、専要候、恐々謹言〉

日付は六月四日。宛先は蒲生賢秀、氏郷父子だった。

「山中文書」が収録するこの書状は、家康が本能寺の変の後に発した（現存する）最初のものだ。

蒲生賢秀と氏郷が日野城に信長の妻女を引き取って籠城したことを賞し、今後も戦い抜くように激励している。

信長の厚恩が忘れ難いので、必ず光秀を成敗するという言葉に、家康の強い決意がにじんでいた。

柘植から日野まではおよそ七里（約二十八キロ）。馬を飛ばせば半刻（約一時間）で着くことができる。

家康は山中賢定に書状をたくし、信長の妻女の中にお市がいるかどうか確かめてくるように命じた。

蒲生父子に使いを走らせようと決めたのも、そのことが気になったからだった。

「承知いたしました。加太峠に着かれるまでには、ご報告申し上げます」

「いや、しばし待て」

家康は腰の扇に「いつか木高きかげを見るべき」と走り書きし、お市に渡すように頼んだ。

『源氏物語』の「薄雲」の帖に記された歌である。

明石の君がわが子を手放す時に詠んだもので、上の句は「末遠き二葉の松に引き別れ」である。

お市ならこの歌にどんな気持ちを託したか、分かってくれるはずだった。

予定通り未の刻（午後二時）には出発した。

「ここなら安全でございます。一晩泊まっていかれたらどうですか」

寺の住職が勧めたが、時を移せば伊賀者に襲撃の態勢をととのえる余裕を与えることになる。ともかく一刻も早く伊賀を抜けたかった。

柘植から加太峠まではおよそ二里。先に進むほど曲がりが多くなる道を、一行は二列縦隊になって進んだ。

先頭は山口光広がひきいる甲賀衆。その後ろに忍び装束の家康や半蔵らがつづいた。

光広は鉄砲隊十人を指揮して家康のすぐ前を歩いている。兄光雅が失態を演じただけに、挽回しようと気を張り詰めていた。

雑木林をぬってつづく長い坂道を歩いていると、急に平坦な所に出た。

峠の尾根にさしかかったかと思ったが、どうも様子がおかしい。しかも目の前には小さな溜池が現れた。

その昔行基菩薩が作ったと伝えられる、半町四方ほどの堤だった。

「ここは加太峠ではない。道がちがう」

家康が止まるように命じた時、溜池の水が急にふくれ上がり、天に向かって噴き上げた。

しかも縄のようにねじり合わさり、水柱となって家康らの頭上に落ちてくる。

皆が茫然と見上げていると、堤の中から灰色の忍び装束を着た十人ばかりが影のように現れ、吹き矢の筒先を家康に向けた。

「殿、伏せて下され」

いち早く異変に気付いた忠勝が、家康を組み伏せるように押し倒した。

康忠や康政らがその上からおおいかぶさり、団子状になって楯となった。

「これは幻術だ。惑わされるな」

半蔵は光広の配下から鉄砲を借り、堤の内側の斜面を狙い撃った。

遠目には土手としか見えないが、土色の布をかぶった忍びが身を潜めている。

半蔵の一撃が命中すると、忍びは身を起こし、足を引きずって逃げ去ろうとした。

半蔵はもう一挺を借り受け、二発目を撃った。弾は過たず背中を貫き、忍びは力尽きて溜池に転がり落ちた。

とたんに噴き上げていた水柱が消え失せ、堤の際の忍びたちの姿があらわになった。

「敵はあれじゃ。ぬかるな」

重臣たちをひきいていた忠次が、刀を抜き放って斬り込んでいく。

十人ばかりがそれにつづき、逃げ散る隙を与えずに討ち取った。

溜池に浮いていたのは、白髪の目立つ小柄な男だった。

肩幅が広くがっしりした体付きだが、身の丈は四尺（約百二十センチ）ばかりしかなかった。

「柴丸か柴若のどちらかでございましょう」

半蔵が引き上げた遺体を改めた。

身に寸鉄もおびていなかった。

「もう一人は堤の反対側に潜んでいたはずですが、逃げ去ったようでござる」

「どうして潜んでいる場所が分かった」

「猪の幻術をかけられた時、二人が発する気を感じました。今のはもっと大がかりな技ゆえ、さらに大きな気を発したのでござる」

道はやはり間違っていた。先頭の甲賀衆は本道を真っ直ぐに歩いているつもりでいたが、いつの間にか脇道に迷い込んでいた。

それに誰も気付かなかったのだから、すでに術中にはまっていたにちがいなかった。

一行は本道に復し、峠を駆け抜けることにした。

「殿、装束を変えるべきと存じまする」

半蔵が勧めた。

伊賀者が吹き矢で家康だけを狙ってきたのは、すでに変装を見破ったからだった。

「そのような暇はない。敵に立ち直る暇を与えてはならぬ」

伊賀と伊勢（いせ）の国境（くにざかい）の峠をこえると、道は大和（やまと）街道と呼ばれる。

荷車がようやく通れるほどの細い道は、うっそうたる雑木林におおわれて昼なお暗い。

時折、人の気配に驚いた鳥が、けたたましい鳴き声と羽音をたてて飛び去っていく。

頭上の木に百匹ちかい猿が止まり、枝を揺らしながら威嚇する。我らの縄張りに入るなと警告しているのである。

それさえ伊賀者の変わり身の術のように思え、いつ牙をむいて来るかと気を張り詰めて進んでいると、道は左に大きく曲がっていた。

目の前に加太川が流れて、山の斜面は川に向かって深く切れ込んでいる。道は谷を迂回するために川に沿って北へ向かい、川を渡ってから再び南にもどっている。

家康らがその曲がり角を通り抜けた時、突然道の下で炎が走った。

一行を追いかけるように一町（約百十メートル）ばかりも走り、黄色い煙を上げて燃え上がった。

火は川風に吹かれて雑木林に燃え移り、またたく間にあたりを火の海にした。

「生木がこんなに早く燃えるはずがあるまい。これも幻術か」

家康は一瞬そう思ったが、炎は熱いし煙は硫黄の臭いがしてむせるようである。

「『炎の十蔵』でござる。火薬を使っておりまする」

半蔵が火の側に立って家康を庇った。

家康らは一丸となって炎を突っ切ったが、後ろに配した甲賀衆との間を分断された。

しかも道は川を渡る所で大きく折り返し、袋小路になっている。

「ここは殺所だ」

家康はぞっとした。

早くここから抜けなければ封じ込められる。そう危惧した瞬間、折り返した道の下にも炎が走った。

火は風を巻いて燃え上がり、行く手を完全にふさいだ。

炎の十蔵の名にたがわぬ、見事な火術である。

火の包囲陣から逃れるには、加太川をさかのぼるしかない。そう見て取ったが、それこそ十蔵の思う壺で、何らかの仕掛けをしているにちがいなかった。

「川から離れろ。山の斜面を上がって魚鱗の陣形を取れ」

家康は真っ先に駆け上がり、四十人ばかりの家臣たちと雑木を楯にして先の尖った鱗形の陣を敷いた。

光広がひきいる甲賀衆が、鉄砲隊を先頭にしてその前に陣取った。

半蔵が朽ちた丸太を拾い上げ、加太川に投げ落とした。

とたんに三発の火薬玉が爆発した。火薬玉に糸をつなぎ、足で引っかければ爆発するように仕掛けていたのだった。

耳をつんざく音がおさまると、木陰、岩陰、土の中から伊賀者が身を起こした。

その数は五十、百、いや二百人ちかい。まるで影が立ち上がるように姿を現し、包囲の輪をちぢめてきた。

「鉄砲、構え」

光広が命じた。

十人の鉄砲隊が火蓋（ひぶた）を開け、半円状に筒先を構えた。

「敵は木を楯にして来る。引き付けて撃て」

引き付けなければ当たらないが、引き付けすぎれば次の弾込めの間が取れなくなる。それを補うには弾込めをしている間、身方が守り抜くしかなかった。

伊賀者もうかつには近付かない。息詰まるにらみ合いのさなか、一人の忍びが木の陰を伝って飛ぶように接近し、布に包んだ火薬玉二つを投げた。

丸柱村で使った煙玉である。

玉はもうもうと鉛色の煙を噴き、家康主従の視野を奪っていく。

その時、頭上の枝がざわめいた。

巨大な猿が枝から枝へ飛び移っていく。煙にかすんだ目にはそう見えたが、猿ではなかった。

五人の忍びが枝を伝い、頭上の木々を足場にすると、鉄砲隊に向かって棒手裏剣を投げた。

「上だ、上を狙え」

光広が命じたが遅かった。

腕や肩に手裏剣を打たれた者たちは、鉄砲を取り落としたり狙いをつける前に暴発させたりした。

これでは木の上の敵に抗する術はない。団子状にひと固まりになり、家康を守るのが精一杯だった。

煙は家康主従の姿も隠している。それが晴れるのを待って斬りかかろうと、伊賀者たちが間近まで迫っていた。

「皆起きよ。今のうちに囲みを突破し、あの道まで駆け下りる」

家康は先手を打って捨て身の突撃を決行することにした。

このままでは守り切れないと見たからだが、皆が刀を取って立ち上がった時、背後で一斉射撃の音がした。

（上にも伏兵がいたか）

身も凍る思いでふり返ったが、狙われたのは家康主従ではなかった。

二十人ばかりの山伏が鉄砲を構えて横一列に並び、木の上の伊賀者を撃ったのである。

五人全員が撃ち落とされ、力なく斜面を転がっていく。

山伏たちは素早く弾を込め、右側に筒先を向けて伊賀者を狙い撃った。

動作に無駄がなく射撃は正確である。武家の鉄砲足軽も及ばぬ熟練の腕だった。

「今だ。行くぞ」

家康の号令とともに正面の敵を突破し、袋小路の道まで駆け下りた。

刀で戦う時は、斜面の下に立った方が有利である。上に立てばどうしても重心が後ろにかかるので、下にいる敵に切っ先が届きにくくなるからだ。

道まで駆け下りたのはそんな地の利を得るためだが、思わぬ身方が現れたために、上下から敵をはさみ討ちにする陣形を取ることができた。

山伏の銃撃に手を焼いた伊賀者は、家康めがけて遮二無二攻めかかってくる。

上から攻める不利を避けようと、飛びかかったり片手突きをくり出したりするが、戦場での白兵戦に馴（な）れた武士には通用しない。

家康も家臣たちも相手の動きを見切り、脛を断ち手足を打ち落として戦闘力を奪い、その後にとどめを刺す。

形勢はたちまち逆転し、伊賀者は百人以上の死者を残して引き上げていった。

「あの山伏は何者じゃ。そちの配下か」

家康は半蔵が手配したのかと思った。

「いいえ。あのような者は」

配下にはいないと、半蔵が首をかしげた。

鈴懸（すずかけ）の衣をまとい鉄砲を背負った山伏たちは、整然と一列になって林の中を下りてくる。

額に頭巾を着けた先達を中心に、見事に統率がとれていた。

「あ、あれは弥八郎（やはちろう）ではありませぬか」

忠次が半信半疑でたずねた。

「馬鹿な。弥八郎がこんな所に」

いるはずがないと思ったが、頬骨が出て目付きが鋭い顔立ちは、弥八郎によく似ていた。

「そうじゃ、弥八郎じゃ」

「まことに、本多正信（まさのぶ）どののようでござる」

重臣たちが次々に声を上げた。

本多弥八郎正信は三河（みかわ）の一向一揆が起こった時、家康に背いて一揆側に加わった。

永禄六年（一五六三）に一揆勢が敗れると、三河から逐電して諸国を流浪することになった。

その後一向一揆の指導者として石山本願寺に迎えられ、足利義昭とも同盟して反信長の旗をかかげつづけた。一色藤長の使者として家康や信康を訪ね、義昭に身方するように誘ったこともある。

家康より四つ年上なので四十五になるはずである。再会するのは実に二十年ぶりだった。

正信は皆の注目を充分に引きつけてから、家康の前に進んで片膝をついた。

「殿、お懐かしゅうございます」

「弥八郎、遅い」

家康は猛然と叱りつけた。

「そちのことじゃ。とうにわしの動きを知っていたであろう」

「八尾の寺で変の報を聞き、伊賀越えの道を通られると察しておりました」

「ならば、なぜもっと早く現れぬ。そちがいれば、あたら若い者を死なせることはなかったのじゃ」

「恐れ入ります。各地の情報を確かめるのに、手間取っておりました」

「何を、どう確かめた」

「たとえば、これでございます」

正信が目配せすると、配下の山伏が笈の中から着物の袖に包んだものを取り出した。

「どうぞ。ご披見下され」

正信がどさりと置いたのは、穴山梅雪の首だった。

二日前に草内の咋岡神社で別れた梅雪が、無残にも首になって青黒く変色していた。

「これは……、どうした訳じゃ」

「穴山どのは宇治の寺に身を寄せた後、三条家を通じて足利義昭公に身方しようとしておられました」

「なぜ、そのようなことが分かった」

「かようなこともあろうかと、宇治の寺を見張っておりました。すると二日の夕方に使者が出ましたゆえ」

捕らえて梅雪の書状を取り上げ、口上を白状させた。

するとを足利義昭に従うので甲斐国を安堵してもらえるよう、三条家で計らってほしいと依頼していることが分かった。

「これは殿を裏切る所業でございます。それゆえ夜半に寺に打ち入り、書状を突き付けて腹を切らせ申しました」

「もはや上様は果てられた。そこまですることはあるまい」

家康は梅雪の苦難と苦悩を知っている。将軍方に寝返る気持ちも、分からないではなかった。

「穴山どのが甲斐の旗頭になられれば、武田の旧臣たちが結束いたします。帰参の手みやげとお考え下さりませ」

「わしに仕えると申すか」

「殿が信長に従っておられる限り、歩みを共にすることはできませんでした。しかし、今は事情が変わりました」

「忠次、この儀はどうじゃ」

家康は重臣たちの意見を求めた。

「異存はございません。この先、弥八郎がいれば何かと役に立ちましょう」

「康忠は」

「異存ございません」

「数正(かずまさ)、そちは」

「今さら戻って来られても、徳川(とくがわ)家の和を乱すだけと存じます」

数正と正信は昔からいがみ合っている。年は数正が五つ上だが、正信は同輩以下と見なしていた。

「数正どの、年は相応にとっておられるが、頭の悪さは相変わらずですな」

　正信が平然と言ってのけた。

「何を申すか。帰り新参のそちに、そのようなことを言われる筋合いはない」

「誰が帰り新参と申しました。拙者(せっしゃ)は徳川家にもどるのではなく、殿を天下人にするために来たのです」

「当家は昔とはちがう。今や三河、遠江(とおとうみ)、駿河(するが)を領しておるのじゃ。流浪の果てにもどっておきながら、大きなことを申すでない」

「お言葉でござるが、徳川家から出たことのない貴殿に、天下のことは分かりますまい。天下が分からねば、どうして徳川家を守り抜くことができましょうや」

「大口を叩くなと申しておる。帰参を望むなら、もう少ししおらしくするものじゃ」

数正が苛立たしげに吐き捨てた。

「弥八郎、天下、天下と申すからには、何か目算があるのであろうな」

家康も正信の自信過剰と大言壮語には辟易している。だが情報の分析や先を読む力は抜群で、昔から一目置いていたのだった。

「目算などございません。ただ、拙者には一向一揆に加わっていた頃から、この世を浄土にしたいという夢がございました。殿となら、その夢を一緒に追うことができると思っております」

「ほう。なぜそう見込んだ」

「殿も同じ夢を追っておられるではありませんか」

厭離穢土、欣求浄土の旗を用いているのがその証拠だ。正信がそう断じた。

三方ヶ原の戦いに敗れた時以来、家康はそう大書した本陣旗を用いているが、その意図をこんな風に真っ正面から受け取った重臣は誰もいない。

手が届かない所を掻いてもらったような心地よさを、家康は正信の一言に感じていた。

「この先天下はどう動く。考えがあれば聞かせてくれ」

「殿の敵となるのは、備中に出陣中の羽柴秀吉でございましょう」

「これは笑止。上様を害したのは明智光秀ではないか」

数正が聞き捨てならぬとばかりに嚙みついた。

「誰がまことの敵になるか、岡崎城にもどってゆっくりと話をさせていただきましょう」

正信は頭巾を着けた大きな頭に、家康らが知らない情報を山ほど詰め込んでいるようだった。

一行はこのまま関宿を抜け、鈴鹿川を船で下って四日市に出た。

そうして伊勢の角屋七郎次郎が手配した大船に乗って、その日の夜遅く三河の大浜にたどり着いた。

これを迎えに出た松平家忠は、日記に次のように記している。

〈家康いか、伊勢地を御のき候て、大濱へ御あかり候而、町迄御迎ニ越候。穴山者腹切候〉（『家忠日記』）

また欄外には、

〈此方御人数、雑兵共二百餘うたせ候〉

二百余を討ち取ったと書き足し、激戦の様子を今に伝えている。

岡崎城にもどった徳川家康は、昼過ぎに目を覚ました。

戸を立てきっているので部屋は暗いが、すでに日が高いことは気配で分かる。しばらく横になったまま、草花を描いた格天井をぼんやりとながめた。

体のあちこちが痛いのは、険しかった伊賀越えの名残である。数々の窮地を思えば、こうして無事に岡崎城にたどりついたことが奇跡のように思われた。

家康は立ち上がり、戸を開けてみた。

雲が低くたれこめ、霧雨が宙を舞っている。本丸御殿の中庭の木々は、雨にぬれて静かにたたずんでいた。

天正十年（一五八二）六月五日。本能寺の変が起こってまだ四日目である。

だが天下は大きく変わり、家康はこの先の難しい舵取り（かじとり）を迫られていた。

「康忠、今何刻じゃ」

「午の下刻（午後一時）を過ぎた頃と存じます」

宿直をつとめる松平康忠が、ふすまの向こうで答えた。

「皆はどうしておる」

「城中にて休んでおられます」

大浜に上陸し、岡崎城に着いた頃には夜が明けていた。同行した者たちが泥のように寝入り込んでいるのは無理もなかった。

家康は白湯を飲んで喉をうるおし、天守閣に登ってみた。

眼下には乙川が流れ、西の矢作川と合流している。川沿いには平野が広がり、青々とした稲が膝の高さまで育っている。

東には緑豊かな山々が折り重なってつづき、霧雨におおわれて水墨画のような色合いを見せていた。

ここがわが故郷、わが領国である。昔から変わらない景色を見ると、かき乱されていた心が少しずつ静まっていった。

頼みの綱を失った衝撃は、桶狭間で今川義元が討死した時以来である。一寸先は闇。この世は何が起こるか分からないと、改めて思い知らされていた。

雨は時がたつにつれて本降りになった。

梅雨がぶり返したような暗い空模様である。

本来なら急を聞いて城に馳せ参じた二千余の将兵を集め、元気な姿を見せてやりたかったが、雨の中で足労させるのも気の毒である。

その替わりに本陣旗を本丸に立てさせ、重臣たちを集めて今後の対応を話し合うことにした。

広間に集まったのは酒井忠次、石川数正、鳥居元忠ら伊賀越えに同行した者たちと、平岩親吉、大久保忠世ら岡崎城の留守役をつとめた者たちだった。

家康はまず本多弥八郎正信がもどったことを、留守役の者たちに告げた。

「加太峠の近くで敵に押し詰められた時、弥八郎のお陰で窮地を脱することができた。皆も知っての通り、一向一揆に加わって逐電して以来の帰参じゃ」

正信は烏帽子に紺の大紋という改まった姿でかしこまっている。

公の席なので、許しがあるまで発言することはできなかった。

「殿、恐れながら」

親吉が正信を見据え、正式に帰参を許したのかとたずねた。

「昨日の今日だ。まだ正式に決めたわけではない」

「ならばしばしお待ちいただきたい。弥八郎どのには、真偽をたださねばならぬことがございます」

親吉は明言を避けたが、正信が信康とひそかに会っていたことを指しているのは明らかだった。

信康が武田勝頼（かつより）の調略にかかって切腹せざるを得なくなった事件に、正信も関わっている疑いがあるのだから、信康の守役だった親吉が問題にするのは当たり前だった。

「親吉の申し様はもっともでござる。それがしが両者の間に立ち、黒白の裁定をさせていただきましょう」

忠世が戦場枯れした声で申し出た。

五十一歳になる猛将で、三河衆を束ねる重鎮である。親吉とも親しかったが、裁定役を申し出たのは正信の帰参をはばむためではなかった。

家康が正信を必要としていることを察し、事を丸く収めようとしたのである。

「ならば任せる。それが済むまでは見習いということだ」

家康は正信に承知させ、評定を始めるように命じた。

「それでは現状の報告をさせていただきます」

康忠が畿内から三河までを記した絵図を広げた。

「我らは上様に勧められ、先月二十一日に安土から都へ向かい、五月二十九日には堺に着到いたしました。翌朝、茶屋四郎次郎の知らせで本能寺の変が起こったことを知り、伊賀越えの道をたどって伊勢に逃れ、海を渡って大浜にもどりました」

その間に分かったことは次の通りだと、康忠は家康から聞いた通りに列挙した。
一、謀叛を起こしたのは明智光秀の手勢一万余で、本能寺で信長、二条御所で信忠が討たれたこと。
一、南近江の六角承禎、北近江の京極高次、若狭の武田元明らが、光秀方となって挙兵したこと。
一、伊賀者たちがいち早く決起し、耳須弥次郎や福地宗隆らを追放しているので、本能寺の変の前に足利義昭から挙兵の呼びかけがあったと思われること。
一、信長は誠仁親王の求めに応じて上洛することに決し、六月一日に近衛前久の摂政拝任、六月二日に信長への将軍宣下が行われる予定であったこと。
一、光秀は変の翌日参内し、誠仁親王と対面しているとの情報がある。これは帝となられた親王から、洛中の静謐を命じる勅命を得るためと思われること。
「こうしたことを考え合わせれば、将軍宣下を行うという口実によって上様をおびき出し、本能寺に逗留しておられるところを光秀に討たせた上で、足利義昭公が西国の軍勢をひきいて上洛する。そんな筋書きであろうと思われます」

康忠の説明に、留守役の者たちばかりか伊賀越え組も顔色を失っていた。

家康は道中で得た情報をわずかな近臣にしか明かしていない。他の者たちは何が起こったのか分からないまま、無我夢中で伊賀路を駆けてきたのだった。

「さすればこの先、どうなるのでござろうか」

元忠が腹立たしげにたずねた。

「おそらく光秀は安土城を制圧した後、帝の命を得て都の守護にあたり、義昭公の上洛を待つものと思われます。そうして幕府を再興し、ゆかりの大名を中心とした体制をきずき上げようとするでしょう」

「幕府が復されたなら、当家はどうなるのでございましょうか」

親吉がたずねた。

信康の守役を務めていた頃から、天皇が将軍を任じ、将軍が大名に命じて諸国を治めるのが王道だと説いていた。

ところが今や徳川家は、信長の同盟者として将軍と敵対する立場に立たされているのだった。

「殿、この儀はいかがでございましょうか」

康忠が家康に返答を求めた。

「取るべき道は二つある。ひとつは尾張、美濃まで兵を進め、織田家の勢力を結集して光秀を討つことだ」

義昭が上洛して幕府の再興に着手するまでは、敵方の足並みはそろわない。

それに光秀は義昭の命令で信長を討ったことを秘しているので、今なら謀叛人を討って主君の仇を報ずるという名分で諸大名に挙兵を呼びかけることができるのである。

「もうひとつは将軍の身方となって、尾張、美濃を切り取ることだ」

「そんなことが、できるのでございましょうか」

親吉が耳をそばだてて身を乗り出した。

「安土城で会った時、光秀は内々で相談があると言っていた。近衛前久公も力を貸してもらいたいと言っておられた。その時には何のことか分からなかったが、こうなってみればその意味がよく分かる。光秀らは織田勢が結束して都に攻め登って来ることを恐れ、わしに東から織田勢を牽制させようとしたのであろう」

それを了解していたと称して兵を挙げれば、尾張、美濃、伊勢を切り取り、自領にできるかもしれなかった。

「しかし、どうやって将軍方に」

「前久公に頼めば執り成して下されよう。それにこの策には、北条家の動きを封じることができるという利点もある」

義昭がこれほど周到に計略を巡らしているからには、北条氏政や上杉景勝、そして武田の遺臣にも使者を送り、決起を呼びかけているはずである。

それゆえ今のままでは、北条勢がなだれを打って駿河に攻め込んでくるおそれがある。

だが将軍方となれば、そうした懸念なく西に兵を進めることができるのだった。

「殿、よもや本気ではござるまいな」

一本気の元忠が喰ってかかった。

「たとえ光秀が将軍や帝に命じられて事を起こしたとしても、上様を裏切った謀叛人であることに変わりはござらぬ。勢いになびいて身方するなど、あってはならぬことでござる」

「どうするかはこれから決める。そうした道もあると話したまでだ」

「やがて将軍が上洛するとおおせられたが」

忠次が危ういと見て間に入った。

「備中には羽柴どのが三万の兵をひきいて出陣しておられます。将軍が頼みとしている毛利（もうり）勢は備中高松（びっちゅうたかまつ）城で羽柴勢と対陣しておるゆえ、容易には動けないのではござるまいか」

「それもどうなるか分からぬ。分かっているのは、長浜（ながはま）城の羽柴勢が城を捨てて逃げたということだけだ」

「逃げたとは、どういうことでござろうか」

「秀吉どのはあらかじめ変が起こることを予想しておられた。そして留守役に城を捨てても良いと言い含めていたのであろう。そうでなければ、こんなことを出来るはずがあるまい」

「それはつまり……、羽柴どのも光秀や将軍に身方しておられるということでござろうか」

「弥八郎、そちはどう思う」

「城を捨てたのは、殿のおおせの通りでございましょう。しかし羽柴どのが光秀や将軍に身方しているとは思えません」

もし身方しているのなら、京極や武田が長浜城を攻めるはずがない。遠慮がちながら、正信は自分の見解をはっきりと口にした。

「ならば、この先どう動く」

「漁夫の利という策がございます。この変事を奇貨として、信長どのに取って替わろうと目論(もくろ)んでおられるものと存じます」

「そちは昨日、わしの敵になるのは秀吉どのだと申したな」

「さよう。秀吉どのに天下を狙う計略ありと見てのことでござる」

「しかし弥八郎、いかに秀吉どのでも、そこまでの力はあるまい」

忠次はきわめて常識的だった。

北近江を奪われ、播磨と但馬にしか所領を持たない秀吉に、そんな大それたことが出来るとは誰も考えてはいなかった。

「出来るかどうか、この先の成り行きを見守るしかありますまい。要は誰がどう動くか、いち早く知ることでございます」

「探索の手配はすでにしてある。畿内には伴与七郎がいるし、東国には服部半蔵を急行させた」

要は我らがこの先どう動くかだと、家康は話を元にもどした。

「わしは兵を西に進め、織田家と力を合わせて上様の弔い合戦をするべきだと考えておる。しかも将軍が上洛する前に、光秀を倒さねばならぬ。皆の考えはどうじゃ」

「むろん異存はござらぬ。先陣はそれがしにお申し付けいただきたい」

元忠が勇んで賛成し、他の者たちもそれに倣った。

「ならば即刻仕度にかかれ。八日までに一万の軍勢をそろえよ」

一万の動員令を出したなら、誰が何人を分担するかは日頃から決めている。だから三日もあれば軍勢を集められると見込んでいたが、そう簡単にはいかなかった。

何しろ寝耳に水の話である。

急に陣触れをしても末端の将兵たちはなかなか仕度をととのえられないし、遠江から岡崎城に駆け付けるのは容易ではない。

しかも六日になって雨はいっそう激しくなり、川が増水して渡れないので、八日に岡崎城に集まったのは三河衆を中心とする四千人ばかりだった。

家康はやむなく出陣を十二日に延期し、浜松城に急使を走らせて出陣を急ぐように厳命した。

こうしている間にも、足利義昭が西国勢をひきいて都に向かっているのではないかと思うと焦りはつのるが、兵がそろわないので動くに動けなかった。

十日の夕方、放下僧に姿を変えた音阿弥が都から駆けつけた。

「木曽川が増水し、渡し船が止まっておりました。遅くなって申し訳ございません」

「都の様子はどうじゃ。明智勢はどうしておる」

「光秀は五日に安土城に入り、近江を制圧いたしました。これに従わぬのは日野城の蒲生どのだけでございます」

「うむ、それで」

「七日に安土に吉田兼和（兼見）卿が勅使として下されました。光秀に上洛を求め、都の警固を命じられるそうでございます」

これが『天正十年夏記』に記された「吉田めし、安土へ明智方へ勅使なり」の一件である。そのことを音阿弥は、お湯殿の上に仕える女官から聞き出してきたのだった。

「光秀はどうした。上洛したか」

「八日の朝に都を出て来ましたので、後のことは分かりません。やがて伴与七郎どのから知らせがあると思います」

「明智勢の様子はどうだ。諸国の兵は集まっておるか」

「京の七口を固めたままです。与力の大名の軍勢は、いまだに集まっておりません」

「参集を命じておらぬのか」

「領国の守りにあたっているのでしょう。備中の羽柴勢が、将軍方となって上洛するという噂も流れております」

「その噂、どう思う」

「秀吉どのが四日に毛利勢と和を結び、その日のうちに都に向かわれたことは分かっております。その時、毛利の旗と鉄砲五百挺を借り受けたと聞きましたが、事実かどうかは分かりません」

与七郎は備中にも配下をつかわして様子を探らせているので、やがて確かなことが分かるだろう。音阿弥はそう言った。

「他に何か、気付いたことはないか」

「ご譲位の件ですが、やはり六月一日より前に行われていたようです」

「どういうことだ」

「女官の話では、お湯殿の上では五月の中頃から誠仁親王を当今と呼んでいたそうでございます」

当今とは現職の天皇という意味である。

「それは近衛前久公の話とちがうが」

「相国さまが摂政になられたとは聞いていないと、女官は申しておりました」

音阿弥の報告は、家康を再び混乱の渦に叩き込んだ。

噂は憶測を呼び、憶測は人を思わぬ行動に駆り立てる。こんな時こそ浮足立つことなく、何が本当で何が嘘かを見極めなければならなかった。

家康は本多正信を呼び、音阿弥の報告を伝えた。

「それはいかにも、秀吉らしいやり方でございますな」

正信は二人の時には遠慮なく秀吉を呼び捨てにした。

「旗を借りたのは、計略だと申すか」

「将軍に身方して先陣をつとめるゆえ、毛利の旗を貸してくれ。そう申し入れて和議を結べば、毛利に追撃されるおそれはありません。相手を油断させて、時間をかせぐこともできましょう」

「摂政拝任の件はどうじゃ。前久公は我らをあざむかれたのであろうか」

「殿は変わっておられませぬな。仏さまのように善良な心を持ちつづけておられる」

正信の言葉には、お人好し（ひとよ）という皮肉が込められていた。

「弥八郎、当家にもどりたいならそんな物言いはやめておけ。無用の反感を招くばかりじゃ」

「これはご無礼をいたしました。生まれつきのひねくれものゆえ」

正信は素直に頭を下げ、殿はあざむかれたとは思っていないのかとたずねた。

「むろん思っておる。だから上様は非業の死をとげられたのじゃ」

「ならばすべてが嘘だったとしても、驚くことはありますまい」

「確かにそうだが」

摂政になってご譲位をはかる。そんな嘘までつくだろうかという思いを振り払えないのは、心のどこかで前久に好意を持っているせいかもしれなかった。

「嘘は大きくついた方が、人を信用させることができるものでございます。まして相手が第六天の魔王と称した信長公ですから、生半可なことでは首が飛ぶことになりかねませぬ」

「しかし、すでにご譲位が行われていたのであれば、上様に将軍宣下をするのは……」

容易だったはずだと言いかけ、家康ははっと思い当たった。

前久は義昭を都に呼びもどして幕府を再興しようとしていたのだから、信長に将軍宣下をするわけにはいかないのである。

だから正親町天皇が反対しておられると口実をもうけ、宣下を引き延ばしていたのではないか……。

そして準備がととのうのを待ち、六月二日に宣下をすると言って信長をおびき出したとすれば、辻褄が合うのだった。

第六章 甲斐と信濃

本能寺の変直後の秀吉の動き

天正10年（1582）6月

2日未明　本能寺の変で信長自害

4日　秀吉が信長の死を知り、毛利側と和睦

5〜6日　高松の陣を引き揚げて姫路城へ向かう

7〜8日　大雨

9〜10日　明石城到着後、兵庫へ

10〜11日　兵庫を出発して尼崎・富田へ、池田恒興や高山右近らと合流

13日　山崎の戦いで明智光秀に勝利

六月十日になっても六千人ほどしか集まらなかった。

家康はやむなく出陣を十四日まで延ばし、じりじりしながら遠江からの軍勢の到着を待った。

やがて十三日になり、伴与七郎からの使者がやって来た。

「申し上げます。羽柴どのは六月六日に姫路城に到着。九日には明石まで出陣して、諸大名に光秀打倒を呼びかけておられます」

しかも信長は難を逃れて存命しているので、後顧の憂いなく参陣するように触れているという。

「上様が生きておられるだと」

「むろん虚報と存じますが」

「そこまでするか。あの男は」

家康は絶句した。

留守役に城を捨てさせ、毛利から旗や鉄砲を借り、揚句の果ては信長が生きていると嘘をつく。

武士にはあるまじき詐術だが、それを臆面もなくやるところが秀吉という男の恐ろしさだった。

「それで諸大名の反応はどうだ。身方に応じる者がいるか」

「中川清秀どの、高山右近どのはすでに応じておられます。筒井順慶どの、細川忠興どのも、明智から離れるようでございます」

「明智の与力ばかりではないか」

彼らが光秀を見限って秀吉に身方すれば、兵力の均衡は大きく崩れる。このままだと秀吉が圧倒的に有利になり、光秀を易々と打ち破るだろう。

（しかし、どうして）

光秀の与力大名が雪崩を打って寝返るのか。まさか信長が生きていると信じたわけではあるまい。

家康は正信を呼んで訳をたずねた。

「思うことを言っても構いませぬか」

正信はいささか慎重になっていた。

「むろんじゃ。そのために来てもらった」

「拙者は先日、秀吉は漁夫の利を狙っていると申し上げました。だから長浜城を捨てたと」

「うむ。確かに」

「しかし酒井どのは、秀吉にそこまでの力はないと言われました。確かに秀吉だけでは、天下を狙うほどの力はありますまい」

「誰かと組んでいると申すか」

「さよう。それも恐ろしい相手でござる」

正信は言葉を切り、誰か分かるかと言いたげな目を向けた。

悪気はないのだろうが、他人を見下す癖が表情にも口調にも出てしまう。何とも不愉快な男だった。

家康も負けず嫌いである。何くそとばかりに思いを巡らし、信長が常に海外の動きを気にかけていたことを思い出した。

「イエズス会とスペインか」

「ご名答。信長公は彼らが要求した明国出兵を拒否されました。それゆえあの者たちは本能寺の変が起こるのを奇貨として、秀吉に天下を取らせようとしているのです」

「起こるのを奇貨として、だと」

「さよう」

「事前に知っていたということか」

「キリスト教の信者のことを、ポルトガル語でクリスタンと呼びます。殿は今の日本に、クリスタンがどれほどいると思われますか」

「そうだな。上様は二十万とか三十万とおおせであったが」

「ある宣教師は五十万と豪語しておりました。その者たちは武家や庶民のみならず、朝廷や寺社にもおります。イエズス会はその者たちから集めた情報を精査し、驚くほど正確な予測を立てております」

今日風に言うなら情報の収集、分析、それにもとづく予見である。

信者の中には入信したことを隠したまま、イエズス会のために情報収集に当たる者たちがいる。

その中には女性もいて、寝物語まで筒抜けになるという。

「主君や夫を裏切ってまで、イエズス会のために働くということか」

「さよう。安土城の中にも、そうしたクリスタンたちがおりました」

「信じられぬ。それでは当家にもいるということではないか」

「謎を解く鍵は、イエズス会の布教の仕方にあります。クリスタンは入信に際して洗礼という儀式をおこないますが、この時信仰の先達を洗礼親に立て、神に従うのと同じように洗礼親に従うという誓約をいたします」

「それは烏帽子親のようなものか」

武士は元服する時、烏帽子親を立て、実の親と同様に従うと誓う。そうして社会に出た後に後ろ楯になってもらうのである。

「それよりもっと強い絆でございます。洗礼を受けた者は洗礼子と申しますが、その者が新たに洗礼親となって信者を増やしていく。そうすれば大元の洗礼親の命令で、何百人、何千人の信者が動く組織が出来上がります。イエズス会はこの組織を作り上げることで布教を進め、いざという時には軍勢として動員出来るようにしているのでございます」

「その者たちが、光秀らの計略をイエズス会に伝えたということか」

「その通りでございます。イエズス会の南蛮寺は本能寺からほど近い所にありますので、争乱が起こるのを今か今かと待っていたことでございましょう」

「しかしどうして、イエズス会と秀吉どのが結びつくのじゃ」

「ご存じありませんか。黒田官兵衛は熱心なクリスタンで、シメオンという洗礼名を持っています」

「官兵衛が秀吉どのとイエズス会を結びつけたということか」

「さよう。しかも中川清秀も高山右近もクリスタンでございます。彼らが身方をすることは、変が起こる前から決まっていたはずでございます」

「つまり光秀が上様を討つのを待ち、その光秀を秀吉どのに討たせて天下を取らせようとしていると」

「それゆえ漁夫の利だと申し上げました。こうした策については、漢の『戦国策』にも記されております」

「弥八郎」

「ははっ」

「そちも事前にそれを知っておったか」

家康は姿勢を改め、正信を正面から見据えた。

「おお方のことは予測しておりました」

「どこでそのような技を得た」

「お忘れでございますか。拙者は一向一揆に身を投じ、重職の一人として本願寺に招かれておりました。そこで最大の敵となったのがイエズス会でございました」

一向宗（浄土真宗）とキリスト教の教えは驚くほど似ている。

神に帰依して天国に行くという教えは、弥陀の本願を頼んで浄土に生まれ変わるという教えとほぼ同じである。

神や阿弥陀仏の前での人間の平等、自分の罪を深く自覚しての懺悔、貧しい者、虐げられた者ほど救われるという考え方……。

しかも社会の底辺で苦しんでいる者たちに教線を伸ばしていく布教の仕方も同じなので、イエズス会は一向宗の門徒を切り崩して入信させる方針を取ったほどだった。

「そのために我らは、イエズス会の動きを逐一監視するばかりか、偽って入信した者に、内部の事情をさぐらせておりました。拙者も高槻や堺の教会に出向き、司祭や修道士と宗論をしたこともございます」

「そうか、そんなことがあったとはな」

「殿はご存じありますまい。信長公があれほど躍起になって一向一揆を潰そうとなされたのは、イエズス会の要請があったからだと言う者もおります」

「口を慎め。上様はそのようなお方ではない」

家康は正信の放言に釘を刺し、話を秀吉のことにもどした。

「そちの言う通りだとしたら、この先どうなる。秀吉どのは光秀を討ち果たされるか」

「高山右近や中川清秀が秀吉方になり、細川も筒井も動かぬとなれば、光秀勢は一万ばかりになりましょう。対する秀吉方には住吉の織田信孝勢も加わりますから、四、五万は下りますまい。勝負は一日で決すると思います」

「分かった。大儀であった」

家康は形だけねぎらって下がらせた。

正信と話していると不愉快で腹立たしい。無知を嘲笑われている気がするし、これまで培ってきた考え方を根底から突き崩される不安に襲われる。

だが正信は家康が知らない畿内の政治状況に精通しているし、見通しもことごとく当たっている。

だから腹立ちを抑え、座禅でも組む気持ちで耳を傾けているが、あまり長くなると耐え切れなくなるのだった。

しかし正信が言う通りなら、秀吉が光秀を倒して畿内を制圧することになりかねない。それに対抗するためには、一刻も早く尾張、美濃に兵を進め、織田信忠の遺臣たちを糾合して光秀討伐の行動を起こさなければならなかった。

家康は酒井忠次を呼び、三千の兵をひきいてただちに尾張に向かうように命じた。

「わしも明日には出陣する。石川数正を同行させるゆえ、岐阜城までの道筋をつけておいてくれ」

「承知いたしました。お任せ下され」

忠次はすべてを察していながら、余計なことはいっさい言わない。何とも有り難い、心安まる股肱の臣だった。

「織田家中の方々には、信忠どのの若君（三法師）を奉じて上洛し、光秀を討って仇を報ずると伝えよ」

「家中にあてた書状をいただけまするか」

「明日までに用意しておく。ともかく秀吉どのが光秀を討つ前に、近江なりとも奪い返しておかねばならぬ」

忠次と数正が出陣して行くのと入れ替わりに、遠江衆の軍勢三千が到着した。

家康は岡崎城に二千の留守役を残し、四千をひきいて翌十四日未明に出陣した。

東海道を急ぎに急ぎ、その日の夕方に鳴海城にたどり着いた。

鳴海城は桶狭間の戦いの舞台となった所である。

家康は黒末川（扇川）にかけられた船橋を渡りながら、あの日のことをまざまざと思い出した。

五月十八日に大高城への兵糧入れに成功し、翌朝早く丸根砦を攻め落とした。

そうして今川本隊の到着を待っていたが、夕方になって飛び込んできたのは義元の悲報だった。

あの時の衝撃と恐怖は、今も当時のままの生々しさで脳裡に焼きついている。もう二十二年もたったとは信じられないほどだった。

鳴海城は廃城になって久しい。放置されたままの櫓や御殿は、風雨に打たれて荒れはてている。

そこで忠次は先発隊をひきいて昨日のうちに到着し、寝泊まりや煮炊きができるようにしていた。

「どうぞ。こちらへ」

大手門で出迎えた忠次は、本丸御殿に案内した。

伊勢湾に突き出した尾根にきずかれた本丸からは、あたりの様子を一望することができた。眼下に黒末川が流れ、夕暮れの海にそそぎ込んでいる。その少し南にある小高い丘が、かつて大高城があった所である。

東に向かって伸びている谷間の道が、有松宿から桶狭間へとつづく東海道。信長が二千余の兵をひきい、今川本陣めがけてひと筋に駆けた道だった。

「こうして見ると、信長公の凄まじい切っ先が我が身に迫ってくるようでござる」

忠次が感に堪えないようにつぶやいた。

家康と重臣たちも同じ思いで眼下をながめている。あの日それぞれの運命を大きく分けた場所が、これほど狭いとは意外なほどだった。

「岡部元信どのも、ここから合戦の様子を見ておられたのでござろうな」

草木におおわれた戦場跡に向かって、元忠がひとしきり手を合わせた。

「そうじゃ。岡部どののほどの名将でも、上様の動きは読み切れなかったのであろう」

家康も元信の胸中に思いを馳せた。

元信は三千ちかい兵をひきいていたのだから、信長の動きを読んでいたなら、鳴海城から打って出て信長勢の背後から襲いかかったはずである。

ところが二千ばかりの信長勢が今川勢に真っ正面から勝負を挑み、一刻（約二時間）ばかりで義元を討ち取るとは夢にも思わなかった。

だからここから戦を傍観していただけで、何をすることもできなかった。その無策を、元信は歯噛みするほど悔いたことだろう。

「それは我らも同じじゃ。上様の動きさえつかんでいたなら、大高城から打って出ていたはずだ。さすれば前後から挟み撃ちにして勝利をつかむことができたであろう」

あの日、家康はそうするべきだと主張した。

ところが城将の鵜殿長照は、軍令に背くわけにはいかないと言って動こうとしなかった。

大きな軍勢になるほど軍令が厳重でなければ規律が保てない。だがそのことが臨機応変の対応をさまたげる。

信長はそのことさえ計算に入れ、あのような戦法を取ったにちがいなかった。

家康が鳴海城に着いた直後から、尾張や美濃の国衆（くにしゅう）の使者が次々とやってきた。

彼らは織田家に従っているものの、信長、信忠が死んだ今では国を保つことはできないと見切りをつけ、先を争って好（よしみ）を通じてきたのだった。

家康は本丸御殿に腰を落ち着け、さっそく彼らに返書を送った。

臣従するという申し出は有り難いが、あまり露骨なことをすれば岐阜城の織田信忠の遺臣たちの反感を買い、敵方に押しやることになりかねない。

そこで慎重に言葉を選び、結束して弔い合戦に加わるように呼びかけることにしたのだった。


翌十五日、家康は一気に岐阜城まで向かうことにして、早朝から仕度を急がせたが、出発間際になって伴与七郎が駆け込んできた。

「去る十三日、秀吉どのの軍勢が摂津（せっつ）の天王山（てんのうざん）で明智勢に大勝しました。明智勢は四散し、光秀は坂本（さかもと）城に向かう途中に土民に討ち取られたとの噂（うわさ）がございます」

「秀吉どのは、どうなされた」

「軍勢は坂本城や丹波亀山城の制圧に向かっておりますが、秀吉どのは参内して戦勝の報告をなされたようでございます」

「合戦には三七信孝どのや丹羽長秀どのも加わっておられたであろう」

「さようでございます」

「ならば総大将は、信孝どのではないのか」

「信孝さまには、そうするだけの力量はありません。住吉に集まっていた軍勢も逃げ散り、参陣したのは八千ばかりだったようでございます」

与七郎は甲賀忍者をひきいて畿内の探索にあたっているが、外から知ることができる情報は限られていた。

「それゆえ秀吉どのが大将となり、参内までしたと申すか」

「これも洛中の噂ゆえ確かなことは分かりません。ともかく一刻も早く合戦のあらましをご報告するべきだと思い」

後のことは音阿弥に任せ、馬を飛ばしてきたという。

家康は重臣たちを集め、与七郎に同じことを報告させた。

誰もが驚きのあまり声を失っている。

備中高松城に出陣していた秀吉が、本能寺の変からわずか十日ばかりで兵を返し、光秀勢を鮮やかに打ち破るとは想像もしていない。

それ以上に、帰り新参の本多正信の予見がぴたりと当たったことに、魔法でも見たような衝撃を受けていたのだった。

「弥八郎が申した通りであったな」

温厚な忠次は、素直に正信の力量を認めた。

「しかし秀吉どのは、なぜいち早く参内なされたのであろうか」

「光秀と同様、洛中静謐の勅命を得て己の立場を正当化するためと存じます」

正信は悪い癖を出すまいと用心深く言葉を選んだ。

「それをなさるべきは信孝さまじゃ。秀吉どのが勅命を得られることなど、あるはずがないではないか」

数正が喧嘩腰で異をとなえた。

「前にも申し上げました。秀吉どのは信長公に取って替わろうとしておられます」

「そんな計略に朝廷が手を貸すはずがあるまい。参内したとしても、門前払いされるのが関の山じゃ」

「並の頭で考えれば」

正信は思わず本音をもらし、急いで常識的に考えればと言い直した。

「確かにおおせの通りかもしれません。しかしひとつだけ、それを可能にする方法がございます」

「何じゃ。それは」

「光秀の企てに誠仁親王が加担しておられた証拠を握り、朝廷を脅して勅命を出させる場合でございます」

「備中に出陣しておられた秀吉どのに、そんなことができるはずがあるまい」

並の頭と言われた数正は、面子にかけて反撃に出た。

「お湯殿の上に仕える女官の中にもクリスタンはおります。その者たちが朝廷の内情をイエズス会に伝えていたのでございましょう」

「何でござるか。その薬丹とは」

元忠は右の耳が少し遠くなっていた。

「クリスタンでござる。キリスト教の信者のことを、ポルトガル語でそう申します」

正信は彼らの情報網がいかに凄まじいか力説したが、西国の事情にうとい重臣たちにはうまく伝わらない。いかに信者でも、そんな大それたことをするはずがないと思い込んでいるのだった。

「して、この先どうなされる。このまま岐阜城に向かわれますか」

武辺者である大久保忠世は、目前の問題を直視していた。

「いや。光秀の片がついたのなら、今さら上洛しても仕方があるまい」

それより東国だと、家康は考えていた。

「足利義昭公は上杉や北条にも使者を送り、光秀が上様を討ったなら信濃や甲斐に攻め込むように命じておられよう」

「だとすれば滝川一益どのや河尻秀隆どのに、両国を守りきることはできませぬな」

元忠は両国の事情に通じていた。

信長が武田家を亡ぼした後に、二人は上野や甲斐を与えられたが、入国してまだ三ヶ月ばかりしかたっていない。

手勢はせいぜい三千ばかりなので、武田の遺臣たちが離反したなら、上杉や北条に対抗する術はないのだった。

「その通りじゃ。急ぎ浜松にもどり、滝川どのや河尻どのの支援にかかりたいが」

光秀が討たれたとはいえ、畿内を放置したまま兵を返すのははばかりがあった。

「弥八郎、そちはどう思う」

忠次が家康に替わって意見を問うた。

「拙者は帰り新参でございますので」

「遠慮はいらぬ。そちが畿内のことに一番詳しいではないか」

「ならば僭越ながら」

正信が一同の了解を得て腹案を披露した。

「忠次どのには、このまま先陣の将兵をひきいて清洲に向かっていただきます。これは光秀を討つために尽力していることを示すためでございます」

「うむ、それで」

「どなたかを秀吉どののもとにつかわし、戦勝祝いを届けます。そして畿内のことはそちらに任せ、こちらは東国の織田領を維持するために尽力したいと申し入れます」

「なぜ秀吉どののなのじゃ。織田家には信雄さまや信孝さまがおられるではないか」

「秀吉どのは主君の仇を討った一番の功労者でございます。やがて重臣の中でも抜きん出た地位を占められましょう。それゆえ秀吉どのの了解を得ておけば、織田家の支援を得られるようになると存じます」

「ならばその役目、それがしが務めさせていただこう」

数正がこだわりを捨てて申し出た。

「わしもそう考えていたところだ。この役を果たせるのはそなたしかおらぬ」

家康は数正の配慮を誉め、正信の進言を容れる流れを作った。

六月十九日の午後、羽柴筑前守秀吉のもとに戦勝祝いの言上に行っていた石川数正がもどった。

紺色の仕立てのいい直垂を着た若い侍を従えていた。

「こちらは筑前守のご使者、石田三成どのでござる」

数正にうながされ、三成が家康の前に進み出た。

「主筑前守よりの書状、ご披見願います」

差し出された書状には、「光秀の一党をことごとく討ち果たし、畿内の平定を終えたので、早々にご帰陣されるように」と記されていた。

「光秀は坂本城に逃れようとして、土民に討ち取られたと聞いたが」

早々にという言葉に秀吉の得意の顔が見えるようで、家康の胸元に苦いものがこみ上げてきた。

「さようでございます。山科の森を抜けようとした時、落武者狩りの土民に襲われて討ち取られました」

「御首は上げたか」

「土民が手柄の証に筑前守の陣所に持参いたしました。主はこれを本能寺に梟し、信長公の御霊前に仇討ちを報じました。次いで屍を運ばせて粟田口で磔にかけ、裏切り者の末路を天下に示しました」

三成は家康を真っ直ぐに見つめ、臆することなく語った。

身の丈は五尺（約百五十センチ）ばかりと小柄である。聡明そうな整った顔立ちをしているが、話す時に反っ歯がむき出しになるのが玉に瑕だった。

「安土城や坂本城はどうした」

「筑前守が大軍をひきいて近江の三井寺に布陣すると、安土城にいた明智秀満は城を焼いて坂本城まで敗走しました。そこで坂本城に兵を差し向けたところ、秀満は光秀の妻子を刺し殺し、城に火を放って自刃いたしました。六月十五日のことでございます」

「秀満とは光秀の娘婿であったな」

「さようでございます。それゆえ秀満は我が妻と義理の母を手にかけたことになります」

「遠路、大儀であった。もう少し聞きたいこともあるゆえ、ゆっくりしていくがよい」

「有り難きおおせではございますが、一刻も早く三河守どののご意向を主に伝えなければなりませんので」

　こんな所でぐずぐずしてはいられない。三成はそう言わんばかりだった。

「殿は明日にも陣払いして岡崎城に向かわれる。さようでございますな」

　数正が家康の不快を察して口をはさんだ。

「それはそちの報告を聞いてから決める」

「承知いたしました。そちはしばし、次の間で待っておれ」

数正は息子を諭すような言い方をして三成を下がらせた。

「あれは何者じゃ」

「筑前守どのの小姓から近習に取り立てられた者でございます。鼻っ柱が強く頑なところもありますが、頭の良さは抜きん出ております」

「歳は」

「二十三と申しておりました」

「そうか。倅よりひとつ下か」

倅とは自刃した信康のことである。生きていればあれくらいの歳かと、家康の胸に哀しみの影がさした。

「筑前守どのに殿の意を伝えたところ、甲斐、信濃の織田領の維持に尽力していただきたいとおおせられました。やがて信忠さまの跡目を決めたなら、織田家からも援軍を出すと約束して下されました」

「織田家を牛耳っているような口ぶりだな」

「光秀を討ち果たした手柄は、天下の認めるところでございます。山崎の戦いの後、朝廷からも節刀が下されたそうでございます」

節刀とは天皇から直々に下されるもので、これを持つ者は官軍となり、歯向かう者は朝敵となる。勅命を受けるのと同等の重い意味があった。

（だとすれば、やはり……）

秀吉は朝廷が本能寺の変に関わっていた証拠を握り、脅しつけて従わせたのではないか。家康はそう思ったが、軽々しく口にできることではなかった。

「それで、織田家の跡目はどうなる」

「信雄さま、信孝さまを推す方もおられるようですが、筑前守どのは三法師さまが継がれるべきだと考えておられます」

「分かった。我らは早々に陣払いし、甲斐、信濃に向かう。秀吉どのの使者にそう伝えよ」

「もう一度、三成を伺候させましょうか」

「それには及ばぬ。見所があるとそちが思っているのなら、死者に対してもう少し敬意を払えと伝えておけ」

向こう気が強いのは結構なことである。だが敗死した敵を見下したような三成の物言いが、家康の癇に障ったのだった。

家康はその日のうちに陣払いの触れを出し、翌六月二十日の明け方に岡崎城に向かって出発した。

都で何が起こっているのか、もう少し詳しく知りたいところである。だが三成は役目以外のことは話しそうにないし、数正にはこみ入った事情は分からないだろう。

伴与七郎や音阿弥の報告を待ち、本多正信の知恵を借りて真相の解明に当たるしか策はないようだった。


鳴海城から岡崎城までおよそ八里（約三十二キロ）。

桶狭間の戦いの後にたどった道を、家康は疑念と敗北感の入り混じった鬱屈をかかえながら引き返した。

本能寺の変からまだ十八日しかたっていない。それなのに秀吉のような詐術の男がのし上がり、「早々にご帰陣されるように」などと偉そうに言ってくる。

家康には受け容れ難い現実だが、秀吉に先手を奪われ、圧倒的に有利な状況を作られた今では、本音を伏せて引き下がるしか手の打ち様がないのだった。

岡崎城に着いたのは、その日の未の刻（午後二時）だった。

夕暮れまでには間があるので、家康は重臣たちを引き連れて大樹寺に参拝した。

境内の西側の墓地には、松平家累代の墓が並んでいる。

桶狭間の戦いの後、家康がここで腹を切ろうとして登誉上人に諫められたことは、重臣の誰もが知っていた。

先祖の墓に香をたむけた後、家康は重臣たちに語りかけた。

「皆をここに連れて来たのは、二十二年前のことを思い出してもらいたかったからだ。桶狭間の戦いに敗れ、わしはここで腹を切ろうとした。登誉上人はそんなわしを一喝され、ここで死んだつもりでお前が望む通りに生きてみよと諭された」

望むこととは何か。そう問われた家康は、皆が安心して暮らせる世を築くことだと答えた。

だがそれは夢のような話で、自分には実現する力がないと諦めてもいたのだった。

「すると上人は、やってみようともしないで諦めるのは卑怯者だと言われた。その望みは厭離穢土、欣求浄土にも通じるのだから、一歩でも半歩でも理想の実現に近付くために努力せよ。そう教えて下された」

家康は登誉上人の言葉に目が覚める思いをした。

そして自分がどこまでできるか試してみようと決意し、包囲された寺から討って出て岡崎城を奪い返したのだった。

「それから二十二年、皆のお陰で三河、遠江、駿河を領する大名になることができた。上様が目指しておられた新しい天下を築く目途も立っていた。ところがこのような変事にみまわれ、上様が儚くなられたばかりか、天下の形勢も大きく変わろうとしている」

だから我々は、もう一度原点にもどらなければならない。そのことを確認するためにここに来たと、家康は重臣たちの顔を見渡した。

酒井忠次、石川数正、鳥居元忠、平岩親吉ら古参の者たちは、すでに頭に霜をいただく歳になっている。

苦しい戦の連続だったのに、よく今日まで従ってくれたものだった。

「原点とは厭離穢土、欣求浄土だ。戦を終わらせ誰もが安心して暮らせる世を築くことこそ、我らの生涯の目標だ。決して個人の名利を求めてはならぬ。家の栄達を望んではならぬ。権力に傲ってはならぬ。我ら主従の歩く道は、阿弥陀仏の教えに従いこの世を浄土に近付けるための修行の道と心得よ」

そうした理想に一歩でも半歩でも近付くために戦っていると、家康は本陣旗を見るたびに思い返している。

その思いを皆が共有すれば、名利を求め立身を望む者たちの軍勢よりはるかに強い団結力と機能性を備えることができるはずだった。

「松平家ばかりではない。皆の先祖もここに祀(まつ)られ、我々の生き様を見守っていて下さる。何か思うことがあれば、遠慮なく言ってもらいたい」

「ならばおたずねいたす」

大久保忠世の声は墓石を震わせるほど力強かった。

「殿はこの世を浄土に近付けるとおおせられたが、いったいどのような政(まつりごと)をすればそのような国が築けるのでござろうか」

「その答えが見えているわけではない。だが上様は古代の律令制を復活させることで、それができると考えておられた」

「律令制……、でござるか」

「律とは刑罰。令とは法度だ。朝廷が律令を定め、下々の者はこれに従う。誰もがこの制度を遵守すれば、個々の争いも戦も起こるまい」

「政はそうなるとしても、民の暮らしはどうなりましょうか」

「公地公民制というものがある。すべての土地は朝廷のもので、官吏の手によってすべての民に平等に分配される。そして分配を受けた者は、土地の広さや家族の人数に応じて租庸調という年貢を負担したのだ」

「それは大昔のことでござろう。今さらそのような世にもどすことなどできるはずがないと、歴戦の兵（つわもの）である忠世は大きく頭を振った。

「弥八郎、そちはどう思う」

本多正信に発言の機会を与えようと、家康はそれとなく水を向けた。

「それは日本という国の成り立ちや歴史にまで関わる、難問でございますな」

正信は出番が来たとばかりに勇み立ち、悪い癖を出しそうになった。

「気の毒だが日暮れも近い。手短に頼む」

「日本は古代に唐の律令制度を採り入れ、ひとつの国になることができました。しかし律令制や公地公民制は、維持することが大変難しい制度なのでございます」

官吏が公正で平等な運用をすればいいが、私利私欲に走る者が出るし、官吏の登用にあたっても有力な公家が手心を加え、高位を独占するようなことになりかねない。

また公地公民制も民の生活を安定させる利点がある反面、働いても働かなくても同じような待遇を得られるために、労働意欲を削いで生産力を低下させる欠点があった。

「生産力が上がらないという欠点を克服するために、朝廷は民が切り開いた田畑は私有を許すという制度を導入しました。すると才覚のある者たちは一族をあげて田畑を開拓し、有力な公家や寺社に土地を寄進して、自分の権利を守るようになりました。こうして律令制が崩れて荘園制の世になっていきます。また私有地を寄進した者たちは、公家や寺社から荘園を管理する荘官に任じてもらい、武力を備えることによって土地を守るようになりました。これが一所懸命の地を持つ武士の起こりでございます」

「それは、いつ頃のことじゃ」

「藤原氏全盛の時代ですから、およそ六百年ほど前でございます」

「武士は源　頼朝　公の頃に起こったのではないのか」

「坂東(ばんどう)の武士が頼朝公のもとに結集して鎌倉幕府を開いたゆえ、そのように考えられておりますが、武士の始まりはそれよりずっと早いのでございます」

「ちょっと待て、弥八郎」

忠世が口をはさみ、それでは律令制が崩れたから武士が生まれたということになるではないかと言った。

「さよう。私有地である荘園の発生が、武士を生んだと言えましょう」

「それでは律令制の世にもどすとは、武士の身分を否定するということではないか」

「戦のない世に、戦人(いくさびと)たる武士は必要ありますまい」

「信長公は武士でありながら、武士の世を終わらせようとしておられたということか」

「それは殿がよくご存じでございましょう」

正信は話を家康に投げ返し、これ以上深入りすることを避けた。

「確かに上様は兵と農を分離しようとしておられた。刀狩りや城割りを命じられたのは、農民や土豪から武力を取り上げ、一揆を結んで反乱を起こすことを防ぐためだ」

家康は信長が語ったことを思い起こし、その意味を皆に伝えようとした。

「検地を急がれたのは、土地がどれだけあるかを把握しなければ公地公民制を確立できないからだ。やがて諸国に国絵図の提出を命じ、誰がどの土地を持っているか明確にしようとしておられた。こうしておけば、新しい領主が赴任しても政を円滑に進めることができる。ところが乗り越えなければならぬ大きな問題があった」

「何でござろうか」

元忠が身を乗り出してたずねた。

「この制度は唐を手本にし、朝廷が中心になって作り上げたものだ。その中心には帝がおられる。ところが今の朝廷には、そんな世を築く力も意欲もなかった。それゆえ上様は、朝廷の上に立って制度を作り上げようと考えておられた」

「何と。帝の上に立たれると」

「猶子(ゆうし)としておられた五(ご)の宮(みや)さまを皇位につけ、太上天皇(だじょう)になればそれができる。そうして新しい制度を作り上げて政が軌道に乗ったなら、権限を帝に引き渡して身を引こうと考えておられた。ところがそんなことを許してはならぬと考える者たちがいたのだ」

「近衛前久公でございますな」

数正が自信を持って言い切った。

「ほう、どうしてそう思う」

「筑前守どのが、何度かその名を口になされました。あの御仁が上様のまことの仇だと」

「前久公と足利義昭公は従兄弟にあたる。片や関白、こなたは将軍として、朝廷と幕府の再建に尽力してこられた間柄でもある」

家康の脳裡に、安土城で出会った前久の姿がふいに浮かんだ。

「有岡城の荒木村重が寝返ったのも、将軍からの誘いがあったからだと聞き申した。光秀も同じでござろうか」

元忠がたずねた。

「上様が土佐の長宗我部を見限って三好康長を重用されたために、長宗我部との取り次ぎ役であった光秀は窮地に立たされていた。国替えになるという噂もあった。それゆえ上様から心が離れたのであろう。その隙に将軍方がうまく付け入ったのだ」

「恐れながら、こたびのことは上様に非があったと存じます」

親吉が意を決して口を開いた。

「たとえどんな理由があろうと、臣下の身で帝の上に立つことなど許されませぬ。義は光秀どのにあると存じます」

「平岩どの、慎まれよ。明智は謀叛人でござるぞ」

忠次がおだやかにたしなめた。

「それがしは道理について申しております。ご先祖さま方にもご照覧いただきたい。唐天竺(てんじく)においてはいざ知らず、わが国においては帝の権威を踏み越えるなど許されぬことでござる。この道理が間違っているなら、ここで腹を切っておわび申し上げまする」

親吉は片膝を立て、脇差に手を当てて覚悟のほどを示した。

こうして皆が自由に物が言えるのも、家康がどんな意見にも耳を傾ける姿勢を貫いているからだった。

六月二十一日の夕方、家康は浜松城にもどった。

信長に伺候するためにこの城を出たのは五月八日のことである。それから一月半の間に、天下の状勢も家康の立場も大きく変わっていた。

大手門の前では留守役の重臣や家族が迎えに出ている。

お愛の方や長松（秀忠）、福松丸（忠吉）の姿もある。母親の於大の方や義父の久松俊勝も改まった装束を着込み、神妙な面持ちで列に並んでいた。

家康は家族との再会を喜び合う間もなく、本丸御殿に重臣たちを集めて評定を開いた。

「都での状況は先に知らせた通りだ。羽柴秀吉どのの働きによって明智光秀は討ち果たされ、畿内は平穏を取りもどしている。我らが急ぎ帰国したのは、東国の織田領の維持にあたるためである」

家康は秀吉とのやり取りをかいつまんで説明し、東国の状況について留守役の石川家成に説明させることにした。

家成は長年掛川城主として遠江の守りの要となってきたが、二年前に家督を嫡男康通にゆずって隠居している。

母親は於大の方の姉なので家康の従兄に当たる。今川家の人質になっていた頃からの近習で、互いの信頼は厚かった。

「それでは、ご報告申し上げまする」

家成が東国の勢力分布図を広げた。

武田が滅亡した後、上野一国と信濃の佐久郡、小県郡は滝川一益に与えられた。

甲斐の大半と信濃の諏訪郡は河尻秀隆が、川中島四郡（高井、水内、埴科、更級郡）は森長可が、伊那郡は毛利長秀が領している。

いずれも三ヶ月前に入国したばかりで、統治の態勢さえととのえていないので、織田家の後ろ楯を失えば敵地での孤立を余儀なくされる。

しかも北には上杉景勝、東には北条氏政がいて、この混乱に乗じて織田家の勢力を一掃しようと虎視眈々とねらっていた。

「このような状況ゆえ、本能寺の変の報が伝わると上野、甲斐、信濃は蜂の巣をつついたような状況になり申した。滝川一益どのは一昨日、神流川の戦いで北条氏政軍に大敗されました。河尻秀隆どのはその前日、六月十八日に甲府の館で武田家の遺臣に討ち取られました」

武田家との戦いに備えて服部半蔵が張りめぐらした情報網は健在で、状況を刻々と浜松城に伝えていたのだった。

本能寺の変の勃発によって、滝川一益と河尻秀隆はともに悲惨な運命にみまわれたが、対処の仕方は対照的だった。

一益のもとに変の報が伝わったのは六月九日。するとその四日後、上杉景勝と通じた藤田信吉が沼田城に襲いかかった。

急報を受けた一益は沼田城の救援に向かい、藤田勢を蹴散らして事なきを得たが、六月十八日には北条氏政の軍勢が攻め込んできた。

一益は緒戦で北条勢の先陣を撃退したものの、翌日に氏政の本隊五万が侵攻してくると、上野の土豪たちが次々と離反したために、神流川の戦いにおいて大敗した。

そこで一益は上野を維持するのは無理だと判断し、六月二十日に箕輪城を捨てて脱出し、本領の伊勢長島城に向かったのだった。

一方、河尻秀隆のもとに変の報が届いたのは六月七日のことだった。

甲府の館にいた秀隆は、事実かどうか確かめるまではうかつに動くことはできないと判断し、四方に使者を走らせて情報を集めた。

使者は浜松城の留守役をつとめる石川家成のもとにも来た。

そこで家成は本多信俊（百助光俊）を秀隆のもとに派遣し、変が起こったのは事実なので協力して対処したい。それが無理ならいったん本領に引き上げるように勧めた。

ところが秀隆には、急に対応できない事情があった。

浅間山の噴火で大きな被害を受けた甲斐国を復旧するために、各地に家臣を分散していたので、甲府に呼びもどすのに手間取ったのである。

その間にも武田家の遺臣たちは一揆を結んで蜂起する構えを見せている。

本多信俊はこの状況を見て早く脱出するように決断を迫ったが、秀隆の家臣の中には家康が甲斐を乗っ取ろうとしていると疑う者もいた。

彼らの意見に引きずられた秀隆は、六月十四日に信俊を斬り捨てて甲斐を死守する構えを示したが、戦仕度をととのえることも出来ずに一揆勢に討ち取られたのだった。

「そうか。百助は命を落としたか」

家康は絵図に目を落としたままつぶやいた。

信俊は強弓を使いこなす武勇の士だった。家康が桶狭間の戦いの後に大樹寺に逃げ込んだ時、本多忠勝らを引きつれて殿軍をつとめてくれた。歳は家康より七つ上だから四十八だったはずである。武将としてはこれから円熟し、いい味を出す年頃だった。

「申し訳ございません。別の者をつかわすべきだと思ったのですが」

信俊が自分が行くと申し出たと、家成がいきさつを語った。

岡崎城からの使者が本能寺の変の報を浜松城にもたらしたのは、六月四日のことである。

留守役をつとめていた家成と信俊、それに横須賀（よこすか）城の大須賀康高（おおすがやすたか）は、家康不在のまま当面の問題に対処せざるを得なくなった。

「上様が他界されたと知れば、上杉も北条も武田家の遺臣に調略の手を伸ばし、甲斐や信濃に攻め込むは必定でござる。もし甲斐を北条に奪われたなら、駿河を維持することも難しくなり申す。それゆえ我ら三人、殿の名代としてこの難局にのぞむべきだと申し合わせたのでござる」

家成らは家康が堺から伊賀（いが）越えにかかったことなど知る由もない。連絡を取ることもできないし、状況は逼迫しているのだから、やむを得ない決断だった。

「織田家の後ろ楯がなければ、滝川どのや河尻どのが領国を維持できなくなるのは明らかでござる。そこで当家に身を寄せておられた武田家の方々を本領に返し、拠点を確保してもらうことにいたし申した」

岡部元信の一門の岡部正綱。信玄の信任厚かった曽根昌世。駿河の田中城主として孤塁を守った依田信蕃。下伊那の吉岡城主だった下条頼安。

彼らは武田家が滅亡した時、織田家の厳しい残党狩りにさらされたが、家康は武勇と人柄を惜しんでひそかに三河や遠江にかくまっていた。

そこで家成らは彼らを支援し、本領に復帰させることにしたのだった。

「岡部どのと曽根どのは、甲府に入って武田の遺臣の取りまとめにあたっておられます。依田どのは佐久郡の小諸城に、下条どのは下伊那の吉岡城に入り、旧臣たちを集めて所領を回復しておられます」

「それは妥当な策であろう。なぜ河尻どのとの争いが起こったのじゃ」

「武田の遺臣たちが、河尻どのの退去を求めたからでござる。織田の先陣として甲斐に攻め込んで以来、河尻どのは武田の家臣や領民に過酷な処断をなされました。

それを恨みに思う者も多く、河尻どのには協力できないと言い張ったのでござる」

「百助は河尻どのにそれを伝え、退去するように迫ったのだな」

「さようでございます。万一のことがあるゆえ、河尻どのと懇意の者をつかわすべきだと言ったのですが、それでは事は果たせまいと信俊どのが」

自ら甲府まで出向き、膝詰めで秀隆を説得しようとした。

ところが秀隆は退去に応じないばかりか、家康が甲斐を乗っ取ろうとしていると疑って信俊を斬った。

これを知った遺臣たちは秀隆の横暴を怒り、いっせいに蜂起して秀隆を討ち取った。配下の将兵千余人も討ち取られ、他の者たちは散り散りになって本領に逃げ帰ったという。

「そうか。百助の真心は河尻どのには伝わらなかったか」

家康は甲府の陣中で何度か秀隆に会ったことがある。若い頃から信長に仕え、幾多の戦功を上げてきた武辺者である。

美濃の岩村城主に任じられ、信忠の補佐役として武田攻めの先陣をつとめた。天目山の戦いで武田勝頼を討ち取ったのも、秀隆と滝川一益である。

た。

その功によって甲斐国を与えられたが、統治の能力にはそれほど長けていなかったのである。

しかも甲斐は浅間山噴火の被災にあえいでいただけに、治めるのがいっそう難しかったのである。

「河尻どのは五十代の半ばだったと思うが」

「五十六と聞きました」

「それなら大須賀康高を使いに出した方が良かったかもしれぬな」

康高も指折りの武辺者である。しかも秀隆と同じ歳なので、説得することができたかもしれなかった。

「信俊どのが難にあわれたと聞き、康高どのは手勢をひきいて甲府に向かわれました。河尻どのを説得して退却させるためですが、間に合わなかったのでございます」

確かに康高を先に行かせていれば、こんなことにはならなかったかもしれないと、家成は責任を一身に感じていた。

「人には運命がある。戦場で鉄砲弾が当たるかはずれるかは、その者の運次第と言う他はない。百助とてそうした覚悟で甲府に向かったはずだ」

家康はそう言って庇(かば)った。

家成を責めては、実直な信俊が悲しむような気がした。

「それで、この先いかがなされまするか」

大久保忠世が下知(げじ)を求めた。

「上杉と北条の勝手にさせる訳にはいかぬ。甲斐と信濃の南部は押さえねばなるまい」

家康は腰の扇を抜いて絵図を指した。

幸い下伊那は下条頼安が、佐久郡は依田信蕃が押さえている。今のうちに甲斐を制圧すれば、二人と強固な連携を組むことが出来るはずだった。

「ならば甲斐には、それがしを行かせて下され」

「なぜじゃ」

「百助とは共に槍の下をくぐってきた仲でござる。あやつが望んだことを、成し遂げてやりたいのでござる」

忠世の言葉に、皆が胸を打たれて黙り込んだ。

「皆に異存がなければ、忠世に大須賀康高の後詰めをしてもらう」

「ならばそれがしも同行いたしまする」

　家成が申し出た。

「しかし、そちは隠居の身ではないか」

「倅の康通とともに出陣いたします。隠居はしたものの、大久保どのより二つ若うござる」

「これは異なことをうけたまわる。石川どのとは同じ歳のはずじゃ」

　そう反論したが、忠世は五十一になるのだから家成が正しい。そういえば家成は、信長と同じ天文三年（一五三四）の生まれだった。

「機を見てわしも出陣する。それぞれ仕度をととのえて下知を待て」

　家康は大久保、石川勢に田原城主の本多広孝の手勢も加え、甲府の加勢に向かわせることにした。

　それと同時に下伊那口から酒井忠次、奥平信昌を出陣させ、下条頼安らを支援して伊那郡、諏訪郡の確保を狙った。

　家康の本隊も加えれば総勢は一万五千を超えるが、上杉、北条を相手にするには兵力が足りない。武田の遺臣たちが中心となった一揆衆をどれだけ身方に取り込めるかが、勝敗の分かれ目になるはずだった。

翌日、大須賀康高の使者が来て甲府の状況を伝えた。

「ご無事のご帰国、おめでとうございます」

使者はまず祝いをのべ、康高は岡部正綱、曽根昌世とともに、武田の遺臣たちに所領の安堵状を発給していると告げた。

「康高はどうじゃ。元気にしておるか」

「武田は長年の宿敵でございましたので、その本拠地に乗り込んだ思いは格別のようでございます」

「甲斐の様子は」

「岡部どの、曽根どのの調略が功を奏し、武田の遺臣たちが順調に帰順しております」

使者は家康に従うと約した土豪たちの名を挙げた。

加賀美(かがみ)右衛門尉(うえもんのじょう)や窪田(くぼた)助之丞(すけのじょう)など、武田家で重きをなした者たちだった。

「本能寺の変の報が届いた直後から、北条家は武田の遺臣に対して調略を仕掛けております。それに応じて郡内の一揆衆が兵を集めておりました」

その数は千五百にのぼる。一千ほどの手勢しか持たない康高は、穴山梅雪の重臣だった有泉大学助らの助力を得ていち早く一揆衆を撃退したという。

郡内とは笛吹川流域のあたりで、甲府のすぐ側だった。

「有泉どのは一揆の棟梁である大村三右衛門尉を討ち取られました。この働きなくば、甲府を敵の手に奪われていたかもしれません」

「一揆が動き始めたのはいつだ」

「六月十五日でございます」

「早いな」

「その日に北条の使者が郡内に入ったようでございます。おそらく事前に音信を取り合っていたのでございましょう」

北条氏政は六月十八日には五万の大軍を集めて上野に向けて進軍し、十九日に滝川一益を打ち破っている。

その作戦の一環として甲斐にも手を伸ばしたのだろうが、本能寺の変の報が入ってから仕度にかかったのでは、これほど迅速な動きはできない。

事前に足利義昭からの知らせがあり、準備をととのえていたとしか思えなかった。

「北条家は今後も甲斐に手を伸ばして来ると思われます。それを防ぐためにも穴山衆を手厚く遇していただきたいと、主が申しております」

「分かった。書状をしたためるゆえ少し待て。滝川どのの動きは、その後何か分かったか」

「箕輪城から落ちた後、碓氷峠を越えて小諸城に入られたそうでございます。それを追って北条勢が信濃に侵攻して参りましょう」

家康は康高の使者からつぶさに状況を聞いてから、松平康忠を呼んで穴山衆への書状を書かせることにした。

切腹させられ首を取られた穴山梅雪のことを思えば心が痛む。だが本多正信が言ったように将軍方に通じていたのなら、いち早い処断が功を奏したことになる。

もし今頃梅雪が甲斐国下山の本領にもどり、将軍方として兵を挙げていたなら、甲斐、信濃の武田の遺臣たちは即座に結集し、武田家の再興をはかっただろう。

伊賀越えの段階でそこまで見通し、先手を打って梅雪に腹を切らせた正信の眼力に、家康は空恐ろしいものを感じていた。

「殿、お言葉を」

　康忠が筆を構えて催促した。

「うむ。そうだな」

　家康は我に返り、真相を秘したまま穴山衆を取り込むしか策はないと腹をくった。

　そうして記した六月二十二日付の穴山衆あての書状は、以下の通りである。

「今度刈坂口、郡内一揆ら東郡に至り蜂起のところ、各示し合わせ、大村三右衛門尉を始め、残党無くことごとく討捕えるの由、感悦され候。いよいよその国静謐の様、馳走肝要に候」

　有泉らの働きを誉めたたえた後に、濃尾方面の状況を伝えることにした。その内容を要約すると次のようになる。

「さてまた尾張、美濃方面は従来通り平穏を保っていますので、昨日二十一日に浜松に帰着しました。この方面には十万余騎の軍勢をそろえ、濃尾両国の備えがととのったという知らせがあり次第、東国に馳せ下ると示し合わせています。そのつもりでいて下さい」

十万余騎の軍勢をそろえているとは大ぼらだが、万全の備えを取っていると思わせるにはこれくらい書いた方がいい。

それに織田家の結束が保たれるなら十万の軍勢など容易に動かすことができるのだから、まんざら嘘というわけでもないのだった。

（第六巻につづく）

解　説――ノンフィクション・本能寺の変

藤田達生

検証・安部ワールド

他の巻と同様に、本巻も痛快な読み物に仕上がっているが、際立つのは「天下統一とはなにか」を考えさせるに十分な筆致である。安部ワールドには、いつも歴史に沈潜しながら現代を鋭く問う、「警世のなぞかけ」が潜んでいる。

歴史作家とはいえ、百家争鳴の「本能寺の変」については、近年なかなか手を出しにくくなっているテーマだと思う。一昔前なら、荒唐無稽の説を書いても、「小説だから！」という言い訳がまかり通ったのであろうが、関係史料がほぼ出そろった今日では、それが通じないのである。

この十年間に、作家が古文書を読み研究書を漁る、ということはまったく珍しくなくなった。歴史研究者のなかにも、ごく少数ではあるが、小説を書く御仁まで出現しているのである。クロスオーバー現象は、今後も続いていくだろう。

さて、筆者は本能寺の変を研究対象として二十年を超えるキャリアをもっている。研究者という立場から、織田政権論の重要分野として位置づけ取り組んできた。そういえば、安部さんと出会った頃からの仕事でもあることに、今になって気づいた次第である。

講演会や雑誌の企画などでよくご一緒し、話し込んだ。そのなかで本能寺の変については、特に話題にのぼることが多かった。そんなこともあって、安部さんがライフワークと位置づけた雄編『家康（かせい）』においても、このたび一巻のボリュームを費やされたので、ありがたく一気呵成に拝読した。

通奏低音―信長革命

この巻の舞台は、本能寺の変前後のごく短期間、すなわち天正十年四月から同年六月に設定されている。この間、家康は信長を畏怖しながらも、一貫して心服し敬愛する大将として接した。その最大の理由は、改革思想にあった。それは、頻出する律令体制への回帰である。このようなことを書いた作家は、これまで絶無であり、荒唐無稽に感じられた方もいらっしゃるのではないか。

しかし、それは学術的には「預治思想」とよばれる信長にはじまる天下統一を推進した改革思想の説明であり、安部さんのオリジナルではない。知行の対象すなわち領地・領民・城郭が領主の私有の対象であった戦国時代、その争奪が絶えなかったのであるが、信長はかつての律令体制に戻すべく、それらを天下統一戦を通じて収公し、天下人が器量に応じて諸大名に知行を預ける国家の成立をめざしたというのである。

天下人のもと、諸大名は国司のような官僚と位置づけられるから、領地をめぐる戦争などありえなくなるのである。確かに、天下統一によって平和が訪れるのであるが、この本質はスペインやポルトガルの侵略に対抗するため、強力な統一軍隊を編成するための思想でもあった。信長「革命」を受け入れるか否か、信長の重臣たちは去就に迷うのである。これこそ、何度も何度も登場するこの巻の通奏低音となっている。

信長の合理思想を、ヨーロッパとの出会いから理解する読者は少なくないだろう。これに対して、安部さんは中国思想の古典『周礼』に大きな影響を与えられたとみる。それは、家康がはじめて訪問した安土城の構造から説明がなされる。

あまりの異様さに息を呑む家康に対して、同行した穴山梅雪が「まさに明堂でござる。皇帝の宮殿には三つの門を造り、皇帝は中央から、客や家臣は左右の門から出入りいたします。真っ直ぐな石段と天主閣の背後には、皇帝の象徴である北辰（北極星）がまたたくはずでござる」と答えている。

明堂とは、周の時代に皇帝が政務を執ったと伝えられる宮殿のことである。律令制度を導入した唐の皇帝の宮殿になぞらえて安土城を構想したというのだ。信長は、家康に対して「革命」とはなにかを説く。天主の下に清涼殿をつくることは、信長の意に服させるための朝廷に対する威圧のメッセージなのである。

安部さんはここで「信長は優れた教師である」とさりげなく記す。至言である。構造改革に挑む史上まれなる思想家は、同時に偉大な教育者でもあった。秀吉や家康をはじめとする信長の弟子筋、まさしく「信長スクール」こそが、近世国家をつくったのである。

光秀と前久

明智光秀は、将軍足利義昭の直臣から、信長のもっとも信頼する重臣へと大出世した武将である。美濃源氏という家柄に属し、細川藤孝や筒井順慶といった当代を代表する教養人を与力大名に従え、信長の政治を背後から堅実に支えてきた。

出世頭の光秀ではあるが、終始暗く描かれている。信長の天下統一の総仕上げに臨んでの二つの課題「将軍就任と西国征伐」の日程が近づくにつれ、態度にぎこちなさが目立ち始め、近衛前久らと歩調をあわせつつ、家康に接近を図ってくる。

将軍就任とは、かつての主君であり現職の将軍足利義昭を解官させることを意味する。信長が将軍に任官することで、義昭を奉じる西国大名攻撃への正当性を確保することになるのだ。信長のターゲットには、長年取り次ぎ役を務めた土佐の長宗我部氏が加えられた。これも、光秀を悩ませることになった。このようななか、義昭の側近が光秀のもとを訪れるのである。

ご存じの方も多いと思うが、本能寺の変に関する重要史料が、近年相次いで発見されている。これらからは、光秀のクーデターの正当性が足利義昭を奉じた幕府再興であったこと、加えて直接的なきっかけが長宗我部氏の滅亡を防ぐことにあったこと（四国説）があきらかになった。

安部さんは、研究情報のアンテナを張り巡らし、これらの発見をみごとに信長の天下統一のための二つの課題「将軍就任と西国征伐」とリンクさせて、本巻のメインストリームとして組み込んだのである。

教養人光秀は、信長「革命」を知れば知るほど懊悩した。信長が太上天皇（上皇）に就任して朝廷が乗っ取られるばかりか、制度としての幕府が滅亡することに、とても耐えられなくなったのだ。その意味で、光秀とは「よき日本の伝統」を守った英雄なのかもしれない。

ここに希代のくせ者が登場する。前関白近衛前久である。この人物は、朝廷を守るためならなんでもやる妖怪である。信長が正親町天皇を譲位させ誠仁親王を天皇に、その子息五の宮を皇太子に就かせることを絶対に阻止しようとする。やがて五の宮が即位すると、養父信長が太上天皇に位置づけられるからだ。安土城本丸の、天主が清涼殿を見下ろす構造が実現するのである。そのために、光秀を巻き込んで一計を案じたのだ。

信長に対して、将軍任官のために上洛するように仕向けたのである。信長は、まんまとこの罠にはまり、西国出陣を前にして少数の供回りを伴って上洛するという、人生最大の過ちを犯すことになる。このあたりの展開は、安部さんとよく話をしていたから、その通りにストーリーが展開していて、心地よかった。

超人・秀吉

ここに、これらの動きをあたかも背後から凝視していたかのような人物が登場する。羽柴秀吉である。このような歴史的事件がおこることをあらかじめ想定して、実にしたたかに手を打っていたのである。

光秀方勢力の攻撃を予想して、居城近江長浜城を手放すよう家中に指示していたばかりか、黒田孝高らキリシタンの家臣の情報網を駆使して、誰よりも早く変の正確な情報を手にしたこと、厚かましくも中国大返しにあたって、毛利氏から軍旗を借りたことを指摘している。

足利義昭に近い近江守護京極氏が長浜城を乗っ取ったことや、秀吉の家族が無事に難を逃れたことは、古文書から判明している。秀吉の情報網は、他の武将と違って異常に精度が高かったこともわかっている。なによりも、将軍義昭を支えた毛利氏の軍旗が東上していくように見せたのだから、西国の反信長派大名勢力は手を出せなかっただろう。手練れの小説家らしい、切れのよい新解釈の提示である。

読者諸賢には、秀吉の活躍によって歴史が大きく動いてゆくことを予想するだろう。一代の英雄信長の死とともに、日輪のように新たな麒麟児が登場するのである。本能寺の変がなければ、秀吉の天下はなかったし、ましてや家康の天下もなかった。家康の場合は、かつての桶狭間の戦いと類似する立場に置かれた。「神君伊賀越え」という危機に遭遇しながらも、忍者も含む家臣団の機転によってなんとか無事に岡崎に帰城した。秀吉は天下取りに向かうが、家康は後に天下をうかがうに足りうる立場を確保することになる。直後の甲斐・信濃平定によって、駿河・遠江・三河とあわせて五カ国の大大名へと、またたくまに成長したのである。

紙幅も尽きたので、最後に一言。

安部文学に、ロマンスは付きものである。本能寺の変がなければ、家康がお市の方を正室に迎える予定だったとの想定は説得力があり、俊逸である。妻に恵まれない家康、夫に恵まれないお市、似たもの同士なのだ。それだけに、その後の展開を考えれば、二人の逢瀬のシーンは切なく、そしてはかない。

――歴史学者

本作は左記の新聞に連載された「家康　知命篇」に加筆・修正した文庫オリジナルです。

上毛新聞　秋北新聞
大阪日日新聞　北國新聞
茨城新聞　東奥日報
岐阜新聞　室蘭民報
釧路新聞　長崎新聞
佐賀新聞　新潟日報
山陽新聞　日本海新聞
静岡新聞　福島民報
四国新聞

（順不同）

家康（五）

本能寺の変

安部龍太郎

令和2年11月10日　初版発行
令和3年5月20日　4版発行

発行人——石原正康
編集人——高部真人
発行所——株式会社幻冬舎
〒151-0051東京都渋谷区千駄ヶ谷4-9-7
電話　03(5411)6222(営業)
　　　03(5411)6211(編集)
振替00120-8-767643

印刷・製本—中央精版印刷株式会社

装丁者——高橋雅之

幻冬舎時代小説文庫

ISBN978-4-344-43035-8　C0193　あ-76-5

幻冬舎ホームページアドレス　https://www.gentosha.co.jp/
この本に関するご意見・ご感想をメールでお寄せいただく場合は、
comment@gentosha.co.jpまで。